光文社文庫

長編時代小説

一輪の花

父子十手捕物日記

鈴木英治

KOBUNSHA

光　文　社

目次

一輪の花　父子十手捕物日記

第一章　仏《ほとけ》十両

一

脇腹《わきばら》めがけて振られた棒を、文之介《ふみのすけ》は軽々と叩《たた》き落とした。

「甘いな、仙太《せんた》。その程度の振りで俺を倒せると思ったら大まちがいだぞ」

にやりとして文之介は棒を持ち直した。

「そんなに甘いんじゃ、正栄庵《しょうえいあん》にでも奉公に行ったらどうだ。喜ばれるぞ」

正栄庵というのは北新堀町《きたしんぼりちょう》にある饅頭《まんじゅう》屋だ。

棒をぐっときつく握った仙太が姿勢を低くする。

「正栄庵の売り物は塩饅頭。もともとそんなに甘くないんだよ」

「なんだ、そうだったか。あそこの饅頭は砂糖をけちってるって思ってたが、謎《なぞ》が解けたぜ」

「相変わらずひどい舌、してるね」

「うるさい、はやくかかってこい」

仙太がまわりに視線を這《は》わせる。

それを合図にしたかのように、他の子供たちがじりじりと包囲の輪を縮めてくる。仙太の遊び仲間の次郎造《じろぞう》、寛助《かんすけ》、太吉《たきち》、保太郎《やすたろう》、松造《まつぞう》の五名だ。

ほかに人けのない原っぱを、風が吹き渡ってゆく。年が明けてすでに二十日がたち、まだまだ風は冷たいものの、冬の厳しさはだいぶ薄れてきている。

ようやくまぶしさが戻ってきた陽射《ひざ》しからは春近しを感じ取れるし、大気も張りつめていたものがゆるんで、こうして体を動かしていてもどこか伸びやかな感じがする。

あと十日もしないうちに梅の花が咲きはじめるだろう。

そうなりゃあ、鶯《うぐいす》の声もきけるだろうなあ。ああ、はやく本物の春がこねえかなあ。

子供たちの動きを追いつつも、そんな思いにいつしか文之介はふけっていた。

「隙《すき》ありっ」

すばやくうしろにまわりこんでいた仙太が、棒を太ももに向かって振る。

「甘い」

文之介は弾きあげた。他の子供たちが左右からいっせいに襲いかかってくる。

むろん、文之介には襲いかかられたという気持ちはないが、六人が同時に仕掛けてくる攻撃には閉口した。

それでも、すべてを打ち返し続けた。

そうしているうちに、やがて子供たちに疲れが見えはじめた。

仙太と保太郎が腹と臑《すね》を狙《ねら》ってきたのが最後だった。それをあっさり払うと、子供たちの腕は重りでもぶら下げられたかのようにだらりと落ちた。

六人全員が息をあえがせ、肩を大きく上下させている。

「文之介の兄ちゃん、ずるいよ」

寛助が抗議の声をあげる。

「ちっとは打たせてくれたっていいじゃないか」

「甘えるな。勝負ってえのは強い者が勝つんだよ。おまえらが一本も入れられねえのは、修業が足りねえからだ」

「おいらたち、子供だもん、修業なんてしたことないよ」

仙太が口をとがらせる。

文之介は腕まくりをした。

「じゃあ、ちっとは痛い目を見せて、修業させてやるか」

きらりと瞳《ひとみ》を光らせると、子供たちがおびえたようにあとずさった。

「馬鹿《ばか》、冗談だ。本気にするな」

文之介は笑った。子供たちはほっとしたように体から力を抜いた。

「でも、今の目は本気にしか見えなかったよ」

松造がおびえを残した顔で文之介を見る。

「松造のいう通りだよ」

すぐさま仙太が続ける。

「本当にぶちのめされるんじゃないか、って思ったもの」

「馬鹿、俺がおめえらにそんなことするわけねえだろうが」

文之介はにんまりとした。

「だがそうか、そんなに迫力、あったか」

「うん、すごかった」

「そうか、そうか。やっぱり俺も満更じゃねえってこったな。最近は手柄をあげ続けてるからな、腕もあがったのさ。どうだ、おめえら、見直したか」

文之介は、はっはっはと胸を大きく張って笑った。風がまた吹きすぎて、笑い声をさらってゆく。

「隙ありっ」

なに、と思ったときはおそかった。尻《しり》をびしりと打たれていた。

いってえ。振り向いた先には次郎造がいて、にやにやしていた。

「てめえ、もう剣術ごっこは終わっただろうが」

「誰《だれ》もそんなこといってないよ」

いわれてみれば。ということはつまり……。

今だっ、と叫ぶ仙太の声がきこえた。しまった。文之介は向き直ろうとしたが、その前に太ももと臑を思いきり叩《たた》かれていた。

文之介は痛さのあまり、かがみこんだ。

そこを子供たちが容赦なく打ちこんできた。背中をやられた文之介はいてえっ、と悲鳴をあげ、立ちあがった。

子供たちは力を合わせて文之介の足を払ってきた。一瞬、宙に浮いた文之介の体は次の瞬間、地面に叩きつけられた。息がつまる。

痛みに耐えつつ文之介は激しく棒を振ったが、それもむなしい抵抗でしかなかった。

やれ。もっとやれ。子供たちはおもしろがって、ばしばしと棒を叩きつけてくる。

顔と頭は打たないという約束だからやられたのは背中と足だけだったが、さすがに文之介は耐えきれなくなり、棒を投げ捨てた。赤子のように体を丸める。

「まいった、降参だ。もうやめろ。——お願い、やめてくれ」

懇願がきいたか、棒の雨は降りやんだ。

文之介は子供たちがもう打ってこないのを見極めてから、土の上であぐらをかき、顔をしかめて六人を見まわした。

「くそ、おめえら、頭いいな。おびえたように見せたのは策だったのか」

へへ、と仙太が笑う。

「気がつかなかったでしょ」

「まったくな。誰が考えた」

「みんなで知恵を寄せ合ったんだよ」

「そうか。前ならおめえら、そこまで考えることはしなかったが。それも手習所に通っているおかげか」

「そうだよ、お師匠さん、教え方うまいもの」

文之介はよろよろしながら立ちあがった。そこら中が痛い。つとめに障《さわ》りが出なきゃいいが。まあ、大丈夫だろう。

文之介は伸びをしてから、子供たちに向き直った。

「おい仙太、覚えてるだろうな」

「なにを」

「とぼけんじゃねえよ。前にお師匠さん、紹介するっていったよな」

「いったっけ」

「てめえ」

「そんな怖い顔するほどのことじゃないでしょ。いいよ、明日にでも手習所に来たら」

文之介は少し考えた。今、これといった事件は抱えていない。

「よし、必ず行くからな、待ってろよ」

文之介は着流しの着物の裾《すそ》をぱんぱんと払った。

「ねえ、文之介の兄ちゃん、お腹は」

保太郎にいわれて文之介は空を見た。日が少し長くなってまだかなり明るいが、そこかしこに夕暮れの気配というべきものが漂《ただよ》いはじめている。この原っぱで遊んで二刻《ふたとき》はたっていた。

「ああ、空いてるな」

「ねえ、天麩羅蕎麦《てんぷらそば》、食べに行こうよ」

「駄目だ。前からいってるだろう、母ちゃんがおめえらのために夕餉《ゆうげ》をつくって待ってんだ」

「今日母ちゃんたち、外で食べてくるみたい」

「また芝居見物か」

「ううん、今日はご飯だけ」

「父ちゃんたちも一緒か」

「まさか、女だけだよ」

はあ、そうか。文之介は感じ入った。

「やっぱり江戸の女は強えな。数が足りねえから、そんなことしても離縁されねえ」

「そうだよね、捨てられるとしたら父ちゃんのほうだもんね。父ちゃんたちは父ちゃんたちで、近くの飲み屋に集まるみたい」

「おめえらはほったらかしか。さすがにおめえらの親どもだ。そういうことなら仕方ねえ。行くか」

やったー、と子供たちが歓声をあげる。

いつもの蕎麦屋に行き、天麩羅蕎麦を食べた。汗をたっぷりとかいたあとの蕎麦切りはことのほかうまかった。

店先で子供たちとわかれ、文之介は一人歩きはじめた。

ああ、非番も終わっちまったか。

別に仕事がいやというわけではないが、やはり休みが終わってしまうのを思うのはどこか物寂しい。

ただ明日、噂《うわさ》の手習師匠に会えるというのは格別だった。楽しみでならない。

文之介は鼻歌まじりに屋敷の門をくぐった。

火鉢が置かれた部屋にお春《はる》がいて、父の肩をもんでいた。

「うきうきしてるな。なにかいいことがあったのか」

父にいわれ、文之介はぎくりとした。

「女ね」

お春が鋭くいう。

「そ、そんなんじゃねえよ」

いやな汗が顔に出てきたのを文之介は感じた。

「なに、うろたえてんの」

「うろたえてなんか、いやしねえ」

お春がじっと見ている。

「そう、それならいいわ。——ご飯は」

「子供たちと食べてきた」

「ふーん、いつもの原っぱで遊んでたの。だからそんなに汗、かいてるのね」

文之介は手で汗をぬぐった。

「まあ、そういうことだな」

丈右衛門《たけえもん》の肩をもみ終えたお春を、文之介はいつも通りに送っていった。

その途中、うしろを歩くお春が声をかけてきた。

「ねえ、正直にいいなさいよ」

文之介は提灯《ちょうちん》をぐるりとまわした。

「なにを」

「鼻歌、歌ってたわよね。そんなこと滅多にないのに、今日はどうしてそんなに上機嫌なの」

お春の目は提灯の灯《ひ》を映して、きらきら輝いている。つんと上を向き気味の鼻もかわいく見える。我知らず抱き締めたくなるような愛らしさだ。

文之介はごくりと息をのんだ。下腹がたぎってくる。

「いや、春が近いのがわかるからさ。こうして歩いてても、もうそんなに寒くないものな。俺は寒がりだから、とにかくそれがうれしくてならないんだよ」

二

「この分じゃ、手習所には行けねえかな」

腕を組んで文之介はつぶやいた。

「手習所ってなんです」

勇七《ゆうしち》がうしろから顔をのぞきこんでくる。

「ああ、いや、なんでもねえよ」

文之介は笑ってごまかした。勇七が怪訝《けげん》そうに見ている。

「旦那《だんな》がそういう笑いをするときは、たいていなにかたくらんでるときなんですよね」

「たくらむなんてそんなたいそうな腹、俺は持っちゃあいねえ」

文之介は部屋のなかを見渡した。敷居際にいる小柄な男と目が合う。

「おめえがあるじか」

「は、はい」

男が進み出てきて、文之介と相対した。

「名は」

「進五郎《しんごろう》と申します」

「盗まれたのは五両でまちがいないか」

「はい、まちがいございません。ちょっとした買い物や支払いのために、必ず入れてあるんです」

進五郎と名乗ったあるじは半身を返して、隅に置かれた文机《ふづくえ》を指した。

「あれにしまっておいたのですが、今朝、引出しがあいておりまして」

「なかが空《から》だったか。しかし、けっこうな大店《おおだな》だよな。五両なんて屁《へ》でもねえだろ」

「いえ、そのようなことは決して。仮にそうだといたしましても、賊に入られたというのは気味が悪いものが」

「ふむ、確かにそうだろうな」

文之介と勇七がいるのは、見澤屋《みさわ》という瀬戸物屋だ。

泥棒が入ったという知らせが朝はやくにもたらされ、定町廻り《じょうまちまわ》同心《どうしん》のなかで最も年若の文之介がやってきたのだ。

見澤屋は南新堀町《みなみしんぼりちょう》一丁目にあり、店は広く、一見した限りでは品ぞろえも豊富だった。店の東側は霊岸島《れいがん》新堀で、潮の香りがかすかに忍びこんできている。

「ほかに盗まれた物は」

文之介がきくと、進五郎は一瞬のためらいののち首を振った。

文之介はむっと見直した。目の前のあるじの表情が微妙に動いたように見えたのだ。

なにか隠してんじゃねえのか。

そう思ったが、口にはださない。ちらりと振り返り、勇七を見た。

勇七もなにかを感じている顔をしており、それとなく目配せをしてきた。

文之介はうなずきを返し、あらためて進五郎を見つめた。

人当たりはやわらかだが、どこか油断のならない面《つら》をしている。その印象はどこからくるのか。

毛虫でも貼《は》りつけたかのような太い眉《まゆ》のすぐ下にある、どんぐり眼《まなこ》のせいのようだ。それが自分では意識していないのだろうが、油断なく動いて文之介をうかがうようにしているのだ。

「おめえさん、かみさんは」

「はい、おります。しかし泥棒に入られたせいで倒れてしまいまして、今、臥《ふ》せっております」

「心配だな。大丈夫なのか」

「はい。しばらく寝ていれば治るものと」

「そうか。おめえさんたちはどこで寝てる」

「そちらです」

進五郎が手で示したのは、廊下をはさんだ向かいの部屋だ。

「近いな。こそ泥の気配に気がつかなかったか」

「はあ、すみません。眠りは浅いたちなんですが、手前も女房も一向に」

「寝たのは何刻だ」

「はあ、店の戸締まりなど確かめて四つ半といったところでしょうか」

「自《みず》ら戸締まりをしてんのか。用心深いな。そのときは妙なところはなかったんだな」

「はい、どこにも」

文之介は、賊はどこから入りこみやがったのかな、と思った。

「おめえさん、妾《めかけ》は」

唐突な問いに進五郎が目をみはる。うしろで勇七も、なにかいいかけた。旦那、それは探索には関係ないんじゃないですか。

「はっ。あの、そのようなことをお答えしなければなりませんので」

「答えてもらいてえ。それに、妾を持つのは別に恥ずべきことじゃねえぜ。お城の奥深くにいらっしゃるお方は何人もお持ちだし、妾のいねえ大名を捜すのだってたいへんだ。

――どうなんだ」

「はあ、一人おります」

「どこに住まわせてる」

「はあ、徳右衛門町《とくえもんちょう》に」

「近えな。東へほんの五、六町じゃねえか。毎日通っているのか」

「いえ、そんなには。歳《とし》も歳でございますので」

「そんな歳でもねえだろう。いくつだ」

「はい、三十四で」

顔にはださなかったものの、内心、文之介は驚いていた。見澤屋のあるじは四十半ばに見えるのだ。

「相手はいくつだ」

「はあ、二十二で」

「俺たちと似たような歳じゃねえか。惚《ほ》れてるのか」

「いえ、ええ、まあ」

「美形か」

「いえ、それほどでも」

「じゃあ、気立てがいいのか」

「はあ、まあ」

「そうか、それが一番大事だよな。妾ってやっぱりいいものか」

「ええ」

「そうか、俺もいつか持てるような身分になりてえもんだ」

「旦那、そのために妾のことをきいたんですか」

うしろから勇七がささやきかける。

「そうだよ、悪いか」

「もう、ちゃんと仕事してくださいよ」

わかってるよ、とばかりに文之介は手を振り、新たな問いを発した。

「奉公人は何人だ」

進五郎が額《ひたい》の汗をぬぐって答えた。

「番頭が一人に手代《てだい》が三人です」

「全員住みこみか」

「さようです。四人ともまじめで信頼できる者ばかりです。なにかしでかすような者たちでは決してございません」

進五郎は力説した。

「それに、今、同じような盗みが何件も起きているとききましたが」

「そうなんだよな。ふむ、今回もそいつの仕業《しわざ》と考えるべきだろうな」

進五郎のいう通りで、ここ二月《ふたつき》のあいだで九軒の大店が同じ者と思える盗賊にやられているのだ。

最も少ないところで四両、多いところが八両と被害が大店にとっては微々たるものにすぎないこともあって、それほどの騒ぎにはなっていないが、それでもとらえなければならないのはまちがいない。

以前、似た手口の盗賊の跳梁《ちようりよう》がなかったか、文之介は事前に調べているが、四年前、飛《と》びの三吉《さんきち》という名だけが知られた男が三月《みつき》のあいだにわたっておよそ八十両を大店十三軒から盗み、それきり姿をくらましているのがわかっただけだ。

上役の又兵衛《またべえ》も、今回の一連の盗みを、飛びの三吉の犯行と見てまちがいねえだろうな、とほぼ断言している。

「あの野郎、金がなくなってまたはじめやがったな」

八十両を四年でつかったことになる。一年で二十両なら、腕のいい職人くらいの収入といえるか。凄腕《すごうで》といっていい盗みの技を持っているのに、意外につましい暮らしをしていたことになる。派手に蓄財すれば必ずつかまることを知っているのだ。

「ところでおめえさん、なまりがあるな。出はどこだい」

「はい、陸奥《むつ》で」

「陸奥のどこだ」

「気仙《けせん》郡というところにある名もない山村です」

「そうか。いいところか。――いや、これはきかずともいいことだったな。しかし、俺が一生行くこともないところからやってきたのか。ご苦労だな」

文之介はねぎらうようにいい、続けた。

「どれ、ちっと家のなかを見せてもらうぜ。よし、勇七」

文之介は振り返った。

「まずはどこから忍び入ったか、だな」

四半刻ほどかけて見てまわったが、賊がどこから侵入したのか、さっぱりわからなかった。

「あそこはどうですか」

中庭におりた勇七が、母屋《おもや》の屋根近くを指さす。

板壁の上のほうに四角く穴があいている。

「ありゃ、風を入れ換えするための窓だな。でもあまりにちっこすぎねえか。あれじゃあ、頭が入るか入らねえかくらいだぜ。うちの親父《おやじ》じゃあ、確実に引っかかるな」

「ご隠居のお顔が大きいのは確かですけど、そりゃいいすぎなんじゃないですか」

「そんなことねえよ。あの親父、体は年々ちっちゃくなってくが、顔だけはおっきくなってゆきやがるぜ」

「じゃあ、いずれ旦那もそういうふうになるってことですね」

「縁起でもねえこというな。俺はあんなにでけえ顔になんかなりゃしねえよ。勇七、くだらねえこといってねえで、仕事に戻るぞ」

見澤屋を出て、これまで飛びの三吉に入られたと思える店を次々に訪れ、思いだしたことはないか、きいてまわった。

しかしなにも得られなかった。

「くそっ、一日、ただ歩きまわっただけっていうのはやっぱり疲れやがんな」

文之介は太ももを慎重にさすった。昨日、子供たちに手ひどくやられたところが青あざになって残っている。

「明日、がんばりましょう」

勇七が元気づけるようにいう。

「わかっちゃいるが、明日も今日の繰り返しなんじゃねえかって気がするぜ」

「それでもがんばるしかないですよ」

足取りも重く奉行所へ戻りはじめた文之介に笑いかけるかのように、妙に明るい太陽が西の空に没してゆく。それでも家々の屋根や道筋の木々、行きかう人たちの顔や背が鮮やかな橙色《だいだい》に染まって、実に美しく眺められた。

それだけで、生きてるっていうのはいいな、と文之介は感じ入り、きっと明日はうまくゆく、という確信を持つことができた。

三

夕日に照らされて、建物が赤く染まっている。思った以上に大店だ。

店の正面に掲げられた看板には、橋田《はしだ》屋と大きく記されている。

南本所松井町《みなみほんじよまついちよう》にある紙屋としてかなり繁盛している店で、丈右衛門が見つめはじめて四半刻あまりだけでも客の出入りはかなりのものだった。

どうやら、と丈右衛門は思った。甚六《じんろく》は商人として相当のやり手のようだ。

しかし、と丈右衛門は首を振った。どうしてもあの堅気《かたぎ》とは思えない瞳が忘れられない。

さて、どうするか。

迷ったが、ここまで来て顔を見ないで帰るわけにはいかない。

足を踏みだした丈右衛門は暖簾《のれん》を払った。いらっしゃいませ。もみ手をしつつやってきた手代らしい男に、用件を告げる。

「あの、少々お待ちいただけますか」

手代は戸惑ったような顔で、奥の暖簾の向こうに消えていった。

次にその暖簾を払ったのは、お知佳《ちか》だった。裾を押さえつつ小走りに、まだ何人かいるお客たちに如才なく挨拶《あいさつ》をしながら目の前にやってきた。

正座し、頭を深々と下げる。

「よくいらしてくれました」

「いや、何度も来ようと思ったんだが、なかなか足が向かなくてな」

「いえ、こちらこそあれきりご挨拶にもあがらず、申しわけございませんでした」

「そんなこと、気にすることはないよ」

丈右衛門はお知佳をじっと見た。

眉を落とし、歯を鉄漿《おはぐろ》で染めている。頬《ほお》は丸みを帯び、体にもやや肉がついたようだ。不安の陰などどこを捜してもない。

「幸せそうだな」

「はい、ありがとうございます」

お知佳が顔をあげる。

「おあがりになってください」

「しかし邪魔ではないか」

「まさかそのような――」

丈右衛門は屋敷のほうへ導かれ、中庭に面した座敷に落ち着いた。

半分あけられた障子から見える庭に最後の陽射しが落ちて、春が近いことを教えるやわらかな大気に橙色の光がしっとりとなじんでいる。あたたかみを日に日に増している風に吹かれる木々も、どこか気持ちよさげに枝を揺らしていた。

背後の床の間には、すみれが生けられた首長の壺《つぼ》が置かれている。

失礼します。お知佳が盆を持って入ってきた。正面に正座し、丈右衛門の前に湯飲みを置く。

「少しぬるめにしておきました」

「覚えててくれたか」

お知佳がくすりと笑う。

「忘れるはずがございません。さあ、どうぞ、お召しあがりください」

丈右衛門は湯飲みを手にし、茶をすすった。苦みのなかに濃い甘みがある茶で、かなり上質なものであるのがわかる。

「そうでしょう。大切なお客さまのために、私が特別に購入したお茶ですよ」

「うまいな」

「お知佳さんが」

「ええ、そうです」

丈右衛門はまた茶を飲んだ。

「ということは、かなり自由にやらせてもらっているようだな」

はい。お知佳がうなずく。その物腰には大店の女房という自信が漂っているように見えた。

だが、どこか陰を感じる。それはいったいなんなのか。

丈右衛門は、まさか、と思ってただした。

「旦那だが、妾は」

はっとしたように顔をあげたお知佳がにっこりと笑う。

「いえ、いないみたいです」

「きっぱり縁を切る、といったこの前の誓いは本当だったのかな」

「そのようです」

いかにもうれしそうにお知佳がうなずく。

その顔を見て、丈右衛門の胸はちくりと痛んだ。お知佳がもう二度と手の届かないところに行ってしまったのが、あらためて実感された。

いや、待て。丈右衛門はお知佳を見直した。やはり陰があるように見えないか。今の笑みだって、どこか虚勢を張っているように見えなくはない。

「どうしました」

お知佳が小首をかしげる。

「いや、なんでもない」

丈右衛門は茶をすすった。お知佳があいている障子を気にした。

「寒くはありませんか」

「ああ、大丈夫だ。一月前の寒さが嘘《うそ》みたいな陽気になってきたものな」

「ええ、本当に。私は寒がりですから、あたたかくなってきてほっとしています」

そうだったのか。丈右衛門は、冬のさなかに大川《おおかわ》に飛びこもうとした目の前の女のつらさが胸に迫ってきた。

「おそいですね」

お知佳が襖《ふすま》にちらりと目を当てた。

「すぐ来るといっていたのですけど」

立ちあがりかけた。

「ああ、おっかさんに線香をあげているのかもしれません」

「おっかさんて、お知佳さんを……」

いじめた人か、ときこうとしてとどまった。

「亡くなったのか。いつのことだ」

お知佳が悲しげに面《おもて》を伏せた。肩も落とし、身を小さくする。

「年が明けて四日目でした。急なことでびっくりしました。卒中で、倒れた翌日に息を引き取りました」

「そうだったのか」

「なにか私が殺してしまったようで、とても胸が痛みました」

「そんなことはない。それがおっかさんの寿命だったのさ」

丈右衛門はふと気配を感じ、襖に眼差《まなざ》しを当てた。

「来たみたいだ」

失礼いたします。野太い声がした。襖があき、甚六が顔を見せた。

「これは御牧《みまき》さま、ようこそいらしてくれました」

「いや、こちらこそ無沙汰《ぶさた》をしていた」

「いえ、とんでもありません」

甚六が膝《ひざ》で進んできて、お知佳の横に並んだ。深く頭を下げる。

「お世話になったのに、ご挨拶にもうかがわず、ご無礼いたしました」

「いや、かまわん」

そういいつつも、丈右衛門は甚六を観察した。

相変わらず鋭い瞳をしている。それでも、はじめて会ったときより、お知佳が戻ったことも関係しているのか、わずかながら光はやわらいでいるようだ。

体はがっしりとしており、紙屋のあるじというより日傭取《ひようとり》のほうがふさわしいように見える。全身の雰囲気は、やはり油断ならないものをたたえているように感じられた。

「商売のほうは順調かな」

甚六の顔に笑みが浮かんだように見えた。丈右衛門ははっとした。まさか四半刻あまりも店近くにいたのを知られていたのでは、という気がした。

「ええ、おかげさまで」

丈右衛門は顔が紅潮するのがはっきりとわかった。息をつき、落ち着きを取り戻す。

「おまえさん、上方《かみがた》のものではないなまりがあるな。どこの出なんだ」

これは今日、突然感じたことではない。甚六がお知佳を引き取りに来たときも気にかかっていたことだ。

甚六から笑みが消え、顔色もやや青ざめたように見えた。

これは、と丈右衛門は思った。痛いところを突いたのかもしれない。

「陸奥です」

昼のあいだから押しだすように答えた。

「陸奥のどこかな」

「いえ、それはご勘弁ください」

「どうしてだ」

「あまりいいことがなかったものですから。いえ、いいことどころか身に降りかかったのは悪いことばかりでして。できれば、もう忘れたいと思っております」

「そうか。しかし陸奥とはまた遠いところからやってきたものだな。なにゆえ江戸へ。――いや、答えにくいのだったら答えんでもいいぞ」

いえ大丈夫です、と甚六がかしこまった。

「食いつめたんですよ。飢饉《ききん》で」

飢饉か。丈右衛門もその悲惨さは耳にしたことがある。人が人を食うことも珍しくないともきく。

この男の瞳が持つ光は、この世のものとは思えない悲惨さをじかに目にしたゆえか。

「それはいつのことだ」

「十一年前です」

丈右衛門は頭のなかを探った。ひどい飢饉があったという覚えはない。

その思いが面にあらわれたようで、甚六が苛立《いらだ》ったようなかすかに険《けわ》しい眼差しを送ってきた。

「江戸にも知られるような大きな飢饉ではなかったのは確かですが、陸奥は毎年どこかで飢饉が起きているような土地柄なんですよ。あの年の悲惨さは、口ではとてもいいあらわせません。手前は、親類縁者、すべてを失いました」

「そうか、すべてをな、すまなかった」

丈右衛門はすっかり冷えてしまった茶を干した。

「今おかわりをお持ちします」

お知佳がいったが、丈右衛門はけっこうだ、と首を振った。

「もうおいとまする」

背筋を伸ばし、甚六を凝視する。

「ふむ、しかしそれでこの成功か。たいしたものだな」

四

「おい勇七、今日はまた冷えやがったなあ」

文之介は手のひらに息を吹きかけた。

「冬と春の神さまが相撲《すもう》して、春の神さまが押しだしかけたけど、しかし土俵際で冬の神さまが粘ってまた押し返してきた、ってところかな。いずれ春の神さまの勝ちは見えてるけど、冬の神さまだってそうたやすく土俵を割るわけにはいかねえものな」

「旦那にしては、なかなかいいたとえですねえ」

「にしては、は余計だ」

文之介は両手をさすった。

「こんなときはまた甘酒が恋しくなるよなあ。どっかやってねえかな」

「また怠けるんですかい。まだお日さまはのぼったばかりですよ」

「怠けてなんかいねえだろうが。それにしても勇七、おめえはだんだんいい方がきつくなってくるな」

「きつくいわないと効き目がないものですからね、仕方ないですよ」

「餓鬼を叱《しか》る母親みてえだよな」

「そのつもりですよ。旦那はまだ餓鬼ですから」

「なんだ、ずいぶんはっきりいうな」

文之介は首を振った。

「じゃあ、しょうがねえな。母ちゃんのいうことはちゃんときかねえと。勇七、今日は昨日の続きだ。どこからだっけな」

勇七が口にしたのは、深川《ふかがわ》八名川《やながわ》町《ちょう》にある料亭下松《しもまつ》だった。

「料亭だと。ふーん、そうか。ありゃ、一月以上も前に行ったんだっけか」

「そうですね、飛びの三吉と思える賊に入られたのはまだ師走《しわす》でしたから」

そのときも、手がかりはなかったのだ。今回も空振りに終わることは十分すぎるほど考えられた。

文之介たちは深川八名川町に入った。

深川八名川町は、元は神田《かんだ》八名川町だ。享保年間の大火によって町がすべて焼け、その地を火除地《ひよけち》として取りあげた幕府に代地としてこの地が与えられたと文之介はきいている。

「ああ、そういえば勇七、安宅船《あたけぶね》の話、知ってるか」

「いえ、知りませんが。なんです」

「俺も又ぎきなんだが、なんでもこの町には昔、入堀があってな、そこにでっけえ安宅船がつないであったんだと」

「昔っていつ頃《ごろ》の話です」

「寛永《かんえい》の頃ってきいた覚えがあるな」

「寛永っていつでしたっけ」

「大猷院《たいゆういん》さまの頃だろう」

「たいゆういんさま、ってどなたです」

「おめえ、そんなのも知らねえのか。番所の中間《ちゅうげん》なのにあきれたやつだぜ」

「すみません。でもそんなたいそうな名がつくってことはえらいお方なんでしょうねえ」

「当たり前だ。第三代だよ」

「第三代……。家光《いえみつ》公ですか」

「そうだ。確か家光公がお命じになって、つくらせたんだよ。御座の間に三層の矢倉《やぐら》、御書院《ごしょいん》、さらには厩《うまや》に馬場まであったっていうから、どれだけでかかったか、想像もつかねえよな」

「馬場ですか。その船はどうなったんです」

勇七が声をひそめる。

「まさか沈んじまったんですか」

「いや、それだけでけえ船だから、つないでおくだけでもえらく金を食うんだよ。それでなんかつまらねえ、いや、もっともらしい、いや、それなりのわけをくっつけて潰《つぶ》しちまったそうだ」

「どんなわけです」

「なんでも、一度大風に遭ったとき伊豆《いず》のほうへ流されかけたことがあったらしいんだが、それ以降、船をだすたびに波を切る音が伊豆へ行こう、伊豆へ行こうってきこえたんだと。それがあまりに不吉だからって、潰したそうだ」

「伊豆へ行こう、か。本当に妙ちきりんな話ですね。でもそれだけでかかったんなら、つくるのにも相当の年月がかかったでしょうに。せめて一目、見たかったですねえ」

「ああ、見たかったな。でも、今さらいっても詮《せん》ねえことだな」

そうこうしているうちに、目当ての下松に到着した。

黒光りする塀がぐるりを囲み、木々の深い庭を持つなかなか風情のある料亭だ。

訪《おとな》いを入れ、戸口を入ってすぐの座敷であるじに会った。

「申しわけございません、あれから思いだしたことはないですねえ」

「そうか。まあ、そうだろうな」

文之介はだされた茶を喫した。

「よし、ちょっとなかをまた見せてもらっていいか。賊の野郎がどこから入ったのか、もう一度調べてみてえ」

文之介は勇七とともに二階の座敷や庭の横にある厠《かわや》のほうを調べた。奥に行き、店の者たちが暮らす屋敷のほうも調べた。

しかし、夜ともなればしっかりと戸締まりをするそうで、どこにも入れそうな場所はなかった。

文之介はどこからか灸《きゆう》のものらしいにおいがしてきたのを感じた。

「なんだ、病人でもいるのか」

文之介は、うしろをずっとついてきたあるじにたずねた。

「いえ、手前の母親です。病気というわけではないですが、肩こりがひどいものですから、毎日やってるんです」

「そうか。俺は肩がこったことがねえからその苦しさはわからねえが、つらいらしいな」

「特に女はそのようですねえ」

最後に文之介と勇七は中庭におり、そこから母屋を眺めた。

「旦那、あれ、見てください」

勇七が指さしたのは、屋根が三角になっている下のところだった。そこには見澤屋と同じように、風の入れ換えをする小さな窓が設けられていた。

文之介は顎《あご》をなでさすった。

「だがよ、だいたいあの手の窓は、大きな屋敷だったらどこにもあるよな。鉄格子がはまってるし。それになにより、あれじゃあ頭だって入らねえ。小さな男でも体をあのなかに押しこむのは無理だろう」

「ですよねえ」

文之介と勇七は下松をあとにした。

「勇七、次は」

「ええと、近いですね」

勇七は一枚の紙に目を落としている。

「南六軒堀町《みなみろつけんぼりちよう》です。店の名は大島屋《おおしま》。あられを扱ってる店ですね」

「ああ、あったな。けっこううまかったぞ」

「旦那、今日たかるのはよしにしてくださいね」

「たかるなんて人ぎきの悪いことをいうな。あれは、向こうがだしてくれたんだよ」

「あれだけ物欲しそうな目をすれば、ださざるを得ないですよ」

「わかったよ。ほしがるような目をしなきゃいいんだな」

大島屋に着き、店の者に話をきいた。ここでも得られることはなかった。

「しかし勇七、やっぱり探索っていうのはうまくいかねえもんだな」

文之介は懐《ふところ》から紙袋を取りだし、なかのものをぼりぼりやりはじめた。

「あっ、あられじゃないですか」

「帰り際にくれたんだよ。いっとくが俺は物欲しそうな目なんかしなかったぞ。それに、小遣いもらったわけじゃねえんだ、大目に見とけ。だいたい小遣いだって、もらったってておかしくはねえんだ。俺はもらわねえけどな。勇七、おめえも食うか」

文之介は袋を差しだした。

「けっこうです」

「かてえ野郎だな、まるでこのあられみてえだぜ」

昨日と合わせ、これまで飛びの三吉にやられたと思えるところはすべてまわった。収穫といえるものは一つとしてなかった。

「勇七、腹空かねえか」

「ええ、だいぶ」

「なにが食いたい」

「今は腹に入れられるんだったら、なんでもってところです」

「俺も同じだ」

文之介は、どっかいいとこねえかな、とあたりを見まわした。

「おい、ありゃなんの店だ」

文之介は二十間《けん》ほど先の左手を指さした。

「いいにおいがしてるぞ」

「貝のにおいですね。醤油《しょうゆ》で焼いてるみたいですよ」

「そりゃいいな。さっそく行こう。俺は貝に目がねえんだ」

「旦那、やっぱり親子ですねえ。ご隠居も貝が大好きじゃないですか」

「親父と一緒にするな。親父より俺のほうがずっと好きなんだよ」

貝をもっぱらに扱っている店だった。醤油で焼いたあさりや蛤《はまぐり》、牡蠣《かき》を丼《どんぶり》飯にのせただけのものだったが、これが強烈にうまかった。

特にぷりぷりした牡蠣はすばらしく美味で、海の旨《うま》みを丸ごと口にしたような感さえした。時季もそろそろ終わろうとしているはずなのに、焼いた牡蠣がこれほどうまいとは文之介はこれまで知らなかった。

「いや勇七、いい店を見つけたものだな。また来よう」

二人は満足して、八郎兵衛《はちろべえ》という店を出た。

「ところで、これからどうするんです」

「そうさな」

つぶやいて文之介は腕を組んだ。

「この前の子供の掏摸《すり》、あれはどこだったかな」

「南本所元町《もとまち》ですよ」

「ああ、そうだったな」

「行きますか。このところおとなしくしてるようですけど」

「気になるのは確かなんだ……あいつら、とっつかまる前になんとかしてやらねえと」

文之介は首をひねった。

「おい勇七、今何刻かな」

「八つ前くらいの見当だと思いますけど」

「そうか。となると、急がなきゃまずいな。やってるのは、せいぜい八つ半までだろうからな」

「どこ行くんです」

「ついてくればわかる。いいところだぜ」

文之介がやってきたのは箱崎町《はこざきちょう》だ。

「話にきいたところだと、裏のほうにあるってことだったが」

文之介は道のまんなかに突っ立ち、付近を見まわした。魚油や塩、樽《たる》などを商う商家が建ち並ぶ通りは往来が激しく、人々が眉をひそめて行く。

「ああ、こりゃすまなかったな」

文之介はすぐに脇によけた。

「そこかな」

文之介は、右手に口をあけているせまい路地に足を踏み入れた。

「旦那、どこへ行くんです」

ついに黙っていられなくなったらしく、勇七がきいてくる。

「いいとこだよ、もうじきだ」

文之介は裏通りの一軒家の前に立った。

「ここだな」

「手跡指南――手習所ですか」

勇七が、門柱に打ちつけられた看板を見ていう。

「なんです、ここは」

「だから手習所だよ」

「いや、そうじゃなくて」

「餓鬼どもが通ってんだよ」

「餓鬼どもって、仙太ちゃんたちですか」

「そうだ、あの餓鬼どもだ」

文之介は、家の入口の上に掲げられた扁額《へんがく》を読んだ。

「三月《みつき》庵か。なかなか風情のある名じゃねえか」

文之介は耳を澄ませた。なかからは、子供たちが読みあげているらしい、元気のいい声がきこえてくる。

「へえ、まじめにやってやがんだな」

自分が子供の頃は素読《すどく》などろくにやった覚えがない。いつも他の子供たちと相撲を取ったり、庭におりては剣術の真似《まね》ごとをしていた。

それでお師匠さんが怒ることは一度もなかった。ただ、人をいじめたりしたときはまさに烈火のごとく怒った。柱に縛りつけられて、何発もびんたを食らったものだ。

やさしくて厳しいお師匠さんで、手習を終えてからも常に文之介の心には面影《おもかげ》があったが、残念ながら七年前にこの世を去った。

文之介はくすんと鼻を鳴らした。

「どうしたんです」

「いや、ちょっと思いだしただけだ」

文之介はさらにせまい路地を入って、庭があると思えるほうへまわった。

枝折戸《しおりど》をあけ、庭に入る。濡縁《ぬれえん》に沓脱《くつぬ》ぎが設けられた日当たりのいい部屋だ。正面の腰障子はきっちり閉められ、それを突き抜けるような子供たちの声が耳に届く。

右手に竹柵で区切られた一角があり、文之介の知らない花が植えられていた。

「勇七、ありゃなんの花だ」

「れんげじゃないですか」

「ふーん、そうか。あれがれんげか」

そのやりとりをききつけたのか、からりと障子がひらいた。若い女が立っている。

ありゃま。文之介は驚いた。予期していた以上にきれいだ。

やや垂れている目は細いほうだが、黒目が生き生きと輝いていかにも聡明《そうめい》そうだ。ゆったりとした線を描く丸顔にのった鼻は高く、両耳はうっすらと桃色に染められている。

形のいい上下の唇は薄いが、かといって情の薄さをあらわしているわけではなさそうだ。

「どなたですか」

声はほんの少し湿り気を帯びた感じだが、笑えば春風が吹いたような思いを抱かせてくれるのでは、と文之介は思った。

「あれ、文之介の兄ちゃん」

仙太が女の横に出てきている。

「なに、見とれてんの」

「見とれてなんかいないさ」

「無理しちゃって」

仙太が笑いかける。

「一日おそかったね」

「昨日はちょっと忙しくてな」

ぞろぞろと他の子供たちも縁側に出てきた。およそ二十人くらいだろうか。男の子より女の子のほうが多いようだ。

「いや、手習の邪魔するつもりはないんだ。ちょっと見まわりの途中で寄ってみただけだから」

「いえ、もう終わりましたから」

ふふ、と女が笑う。白い歯がこぼれ、鼻に寄ったわずかなしわも、この娘の美しさを引き立てている。

「あの、お役人のようですけど、お名は」

「ああ、これは申しおくれた」

文之介は名乗り、うしろの勇七も紹介した。

「おい勇七、つまらなそうな顔してるんじゃねえよ。ちゃんと名乗れ」

勇七はしぶしぶといった顔で頭を下げた。

「勇七さんですね、よろしくお願いします。弥生《やよい》と申します」

この娘にふさわしい名だ。それに、どうやら俺はお春とか弥生とか、春に関係している女に縁があるようだな、と文之介は思った。

「ああ、だから三月庵なんだな」

文之介は気づいていったが、弥生にはきこえていないようだ。あれ、なんだ。弥生と名乗った娘の眼差しは、矢でも放つようにまっすぐ勇七に向けられている。

なんだ、おもしろくねえな。まったくおもしろくねえぞ。

しかしこの野郎は、と文之介は勇七をにらみつけた。やっぱりもてやがんなあ。なのになんでお克《かつ》なんだ。

勇七は弥生の眼差しに気がついていない。

「おい、勇七」

文之介は脇腹を小突いた。

「なんですかい」

文之介は弥生に向けて顎をしゃくり、勇七に顔を近づけてささやいた。

「おまえをずっと見てるぞ。なんか答えてやったらどうだ」

「なんであっしがそんなこと、しなきゃいけないんです」

「だってきれいな娘だぞ。仲よくなるいい機会じゃねえか」

「あっしは興味ありませんから」

ほんとかよ、と文之介は思った。あきれたもんだ。

文之介は弥生を見た。見れば見るほどいい女だ。お春のことを忘れて惚れそうだ。

「あの、立ち話もなんですからお茶でもいかがですか」

弥生が笑顔を振りまいて誘う。

「そりゃいいな。いただこう」

文之介はさっさと縁側に腰かけた。両隣に仙太と保太郎が座る。ちらりと勇七に一瞥《いちべつ》をくれてから、弥生がお茶をいれに奥に向かった。

「ちょっと待て、仙太。そこはお師匠さんが座る場所だろうが」

その言葉が耳に届いていない表情で仙太が顔を寄せてきた。

「まずいことになっちまったね、文之介の兄ちゃん」

「どうした。なに、しかめっ面してんだ」

「だってお師匠さん、勇七さんに一目惚れしちまったみたいだもん。文之介の兄ちゃんなんて目に入ってないし、それになんてったっておいらが嫁さんにすることになってるのに」

「そればっかりは仕方がねえな。ここは男らしくすっぱりとあきらめろ。またいつかいいのがあらわれるよ」

「ええっ、でも」

「振り向いてくれねえ女をいつまでも追いかけていても、つれえだけだぞ」

「ずいぶん実感がこもってるね」

「まあな。俺にもいろいろあるんだ」

文之介は勇七に眼差しを転じた。

「そんなところに突っ立ってねえで、腰かけたらどうだ」

「あっしはけっこうです」

不機嫌さを隠さずにいう。

「なんだ、なにか文句でもあるのか」

「旦那、仕事に戻りましょうよ。こうしてるあいだにも誰かが手柄、立てちまうかもしれないですよ」

「大丈夫だよ。そんなたやすくつかまるようなたまじゃねえ。飛びの三吉をとらえるのは、勇七、俺たちだよ」

「どうしてわかるんです」

「勘だ。いつかばったり顔を合わせるんじゃねえか。そんな気がしてならねえ」

「ばったりですか。そんなにうまくいきますかねえ」

「いくさ。まかしておけ」

盆を手に弥生が戻ってきた。

「お待たせしました」

文之介と勇七の前に、ほかほかと湯気が立っている湯飲みを置く。

「みんなの分はそっちに用意しておいたから。机を片づけたら飲んでいいわ」

子供たちが天神机《てんじんづくえ》をてきぱきと部屋の隅に積みあげてゆく。仙太たちも一所懸命で、目下の子供の手伝いまでしてやっている。

「へえ、あの悪餓鬼ども、ずいぶん感心なことしてるじゃねえか」

「悪餓鬼じゃありませんよ。いい子ばかりです」

「はあ、そうかい」

文之介は茶をすすり、横を向いている勇七に湯飲みを手渡した。

「おめえもせっかくだからいただけ」

勇七は一礼し、湯飲みに口をつけた。その様子を心配そうに弥生が見ている。

「勇七、味はどうなんだ」

「うまいですよ。ありがとうございます」

「俺にいわねえで、こちらにいえ」

勇七は弥生に向かって同じ言葉を繰り返した。頬に赤みが差した弥生はにっこりと笑った。いかにもうれしそうだ。

文之介は咳払《せきばら》いし、弥生の顔を向かせた。

「いつからこの仕事に」

弥生の表情から明るさが消えた。

「三年前、父の跡を継いだんです」

「親父さんは」

「病であっけなく」

「そうか、すまねえことをきいちまったな」

「いえ、いいんです」

母を同じように亡くしている文之介は、弥生に同情を禁じ得ない。あのときの悲しみが胸のうちでふくれあがってきた。

なんとか涙をやりすごして、弥生にたずねる。

「お母さんは」

「私が子供の頃に……」

「そうか……」

文之介はお茶を飲み干し、立ちあがった。

「ご馳走《ちそう》さん、また来るよ」

「あの、次はいついらしていただけます」

文之介ではなく勇七にきく。

「あっしにはわかりません」

勇七はにべもなく答えた。

「いや、すぐ来るよ。明日かあさってだ。俺も来れば、こいつも切れの悪いうんこみたいにくっついてくるから」

文之介は、教場で茶を飲み、饅頭《まんじゅう》をほおばっている仙太たちに声をかけた。

「じゃあ、またな」

うん、またね。また来てね。そんな声に送られて文之介と勇七は枝折戸を出た。

「おめえよ、気をつかわせるんじゃねえよ。もちっと愛想よくしたらどうだ」

文之介は路地を歩きながら口にした。

「あっしに愛想がないことくらい、よく知ってるでしょうに」

「そういわれちまうと返す言葉もねえが、でも勇七、ちともったいなさすぎるぜ」

「そんなことありませんよ。あっしの心は一つですから」

五

「では父上、行ってまいります」

文之介は草履《ぞうり》を履き、門を出た。

あがって間もない明るい太陽が、昨日よりさらにあたたかな陽射《ひざ》しを送りこんできている。空はややかすみがかかっている感じだが、雲はほとんどなく、飛びかう小鳥たちも気持ちよさそうにさえずっている。

文之介が組屋敷内の道を歩きだしてすぐ、こちらに向かって駆けてくる男がいた。

「おい、勇七」

文之介は声をかけた。勇七は土煙をあげて立ちどまった。

「ああ、旦那《だんな》、ちょうどよかった」

勇七は目を血走らせ、息を荒く吐いている。この男がこんなに血相を変えているのは、よほどの重大事件が起きた証《あかし》だろう。

「どうした、人殺しでもあったのか」

勇七は大きく肩を上下させてから、口にした。文之介はずっこけそうになった。

「おめえよ、確かに小さくはねえ事件だが、そんなにすっ飛んでくるようなことでもねえだろう」

「なにをいってるんですか。また飛びの三吉が出たんですよ」

「おめえがあわてて飛んできたのは、入られたのがお克の家だからだろうが。一刻もはやく行きてえが、しかし俺がいねえとなかに入れねえからな」

勇七がぶるぶる首を振った。

「そんなことありませんよ。俺はどこに飛びの三吉があらわれようと、こうしてすっ飛んできますよ」

「おめえもいうようになったよな。いったい誰に似たんだ。しかし青山《あおやま》ほどの大店に入ったとあっちゃあ、さすがに放ってはおけねえな。よし勇七、行こう」

文之介は勇七をしたがえて、日本橋《にほんばし》北の本石町《ほんこくちょう》にある呉服屋へ急行した。

一番乗りだった。文之介は、まだ暖簾が出ていない店に足を入れた。

一段あがった畳敷きの上を、牛でも駆けてくるような重い音がした。見やると、お克がこちらに向かって突進してくるところだった。

「危ないっ」

文之介は声をあげ、あとずさった。お克はぎりぎりのところでとまり、正座した。

「よくいらしてくれました」

すでに、いつものどぎつい化粧を終えている。お克気に入りの、油を塗ったかのような紅も唇に差している。

目にもなにか塗っているようで、いつもよりまぶたの上のほうが黒く見える。

その目で見つめられて、文之介は背筋がぞわっとした。ふと気づくと、勇七がとろんとした目でお克を見ていた。

昨日の弥生に対する素《そ》っ気《け》なさが嘘のような、恍惚《こうこつ》とした表情だ。

文之介は咳払いをして、勇七を下がらせた。

「泥棒が入ったとあっちゃあ、駆けつけねえわけにはいかねえからな」

「ありがとうございます」

お克が礼をいい、恥ずかしそうに下を向いた。

「なんだ、どうした」

「だってそんなにお見つめになるから……」

「いや、それはちがうぞ」

勇七が横からにらみつけている。

「馬鹿、勘ちがいするな」

文之介は手を振り、控えているように命じた。

「でもお会いできてよかった」

お克がうれしそうに笑う。

「泥棒に感謝しなきゃ」

まさか、と文之介は思った。お克得意の狂言じゃねえだろうな。

いや、いくらなんでもそれはねえだろう。文之介は自らにいいきかせた。お克といえどもそこまではするまい。

お克がすっと立ちあがった。そのあたりの身のこなしに大店の娘らしいにおいが香る。

「ご案内します」

店を通り抜け、屋敷のほうに向かう。さすがに江戸でも指折りの大店だけに、文之介は屋敷の広さに驚いた。千石取りの旗本屋敷ほどはあるのではないだろうか。

連れていかれたのは、家人たちがすごす部屋のようだ。

「こちらです」

お克が示したのは、仏壇脇《わき》の箪笥《たんす》だった。

「こちらの引出しにしまっていた九両が盗まれました」

「九両か」

その額からして、やはり飛びの三吉の仕業と思えた。

「不思議なのは、ここにはもともと二十五両の包み金が置いてあったんです。不意の支払いとか、急に買い物が必要になったときのために」

「包みを破って九両だけ盗んでいったのか」

「そうです。この通りです」

文之介は引出しをのぞきこんだ。お克のいう通りで、数えてみると、十六両が無造作に残されていた。

「なんで全部、持っていかなかったんでしょう」

「そんなのは決まってる」

勇七に向けて文之介はいいきった。

「一つところで十両以上を盗んでつかまれば、それだけで獄門だ。いろんなところで少しずつ盗んでゆけば、こちらとしても獄門にするためには二つ以上の盗みを行ったことを明かさなければならねえ。やつの狙いはそれだろうさ」

文之介は、なるほどとうなずいた勇七に一瞥をくれてから続けた。

「ということはだ、飛びの三吉はつかまるのを怖《おそ》れてるってことになるんだよな。確かに何度も山を踏んでれば、どじを踏んじまう度合いも高くなる」

「じゃあ、そのときを逃しさえしなければ」

「そうさ、昨日もいった通り俺たちがやつをふん縛るってことになる」

言葉を終えて文之介はぎょっとした。両手を胸の前で握り締めたお克が濡れたような目で見つめていたからだ。

「文之介さま、すてき」

お春や弥生にいわれていたら抱き締めていただろうが、文之介は息をのみつつ逆に一歩あとずさった。

どん、と勇七にぶつかり、次いでうらめしげな目にもぶつかった。

文之介はあわてて勇七に向き直った。ささやき声でいう。

「おめえ、なんて目してやがる。心配するな。俺はお克になんて心を移しやしねえ」

「なんて、ってなんですか」

「そんなところに引っかかるんじゃねえよ。とにかく心配するなってこった」

文之介は、大袈裟《おおげさ》な空咳とともにお克のほうに顔を向けた。

「忍びこまれたのに気がついた者は」

「いえ、いません」

そうだろうな、と文之介は思った。

「忍びこまれる前に、なにか変わったことはなかったか。たとえば、妙な物売りが来たとか、畳を替えたばかりだったとか、そんなところだ」

お克は首をひねった。

「いえ、ここ最近は別にそういうのはないですね。来るのは蔬菜《そさい》売りくらいです」

「その蔬菜売りはなじみか」

「ええ、もうつき合いは五十年ほどになるってきいてます」

「その蔬菜売りはいくつだ」

「四十すぎですよ」

「それで五十年か」

「いえ、その人のおとっつあんの頃からのつき合いなんですよ。当たり前でしょう、文之介さま」

お克が腕をはたく。相変わらずの大力で、文之介は肘《ひじ》から肩先までしびれがきた。お克に触れられたことに、勇七がうらやましそうな目で見ている。

「あの、お克さん」

勇七がいきなり呼びかけた。

「あの、大丈夫だったんですか」

「えっ、なにがです」

この馬鹿、と文之介は思った。

「勇七、おめえはちょっと黙ってろ。勝手に口をだすんじゃねえ」

勇七ははっとした顔つきになった。すみませんでした、とうしろに下がる。

お克がもの問いたげな顔をしている。

「いや、つまりさ、お克はきれいだから賊になにかされなかったか、心配してるんだ」

「まあ、うれしい」

お克がぱあと笑顔になった。

「私のことをきれいだなんて、文之介さまはやっぱりそう思ってくださってたんですね。安心してください、私はなにもされていませんから」

「ちょっと待て。勘ちがいするな」

文之介は必死にいったが、お克の耳には届いていない。

「じゃあ、これでな」

それしかいうことがなく、文之介はさっさときびすを返した。

「あ、もうお帰りですか」

お克がいい、勇七も文之介を引きとめようとする。

「旦那、もう少し調べていかないと」

「どこを」

「どこから賊が忍びこんだかですよ」

「これまでだって調べたけど、わからなかったじゃねえか。ここも同じだよ」

「そうかもしれませんが、ほったらかしはまずいですよ。桑木《くわき》さまになんて報告するんです」

文之介は顎を一なでした。

「ふむ、そうだな。よし、調べるか」

屋敷のほうを徹底して見てまわった。

「旦那、あれ」

勇七が見つけたのは、やはり風を入れ換えするための窓だ。

「だからあそこからは無理だろうがよ」

「でも、あの鉄格子、ゆがんでいるように見えないですか」

文之介は目を凝らした。

「いわれてみれば」

文之介はうしろに張りついているお克を振り返った。

「あんな斜めになってたか」

「さあ、気がつきませんでしたけど」

文之介は店の者に梯子《はしご》を持ってきてもらい、のぼっていった。

鉄格子を持ち、力をこめる。あまりに簡単に引っこ抜けて、梯子から落ちそうになった。

「わ、わっ、なんだ、なんだ」

あわてて梯子に体をひっつかせる。

「大丈夫ですか」

勇七が心配そうに声をかけてくる。横でお克もはらはらしている。

大丈夫だと合図を送って文之介は、そっと息を吐いて窓をのぞきこんだ。

なかは物置みたいになっているようで、古箪笥とか文机などが乱雑に置かれている。

しかし、この窓の大きさでは顔すらも通らない。体をねじこむなど、まず無理だ。子供ですらもむずかしい。五、六歳の体がやわらかな女の子ならなんとかなるくらいだろう。

文之介は鉄格子を手にして、梯子をおりた。

「どうです」

勇七がきく。文之介はさっき考えたことを伝えた。

「そうですよね」

勇七が残念そうに見あげる。

「ただ、気になることは気になる。これはあんな簡単に取れる代物じゃねえはずだ」

文之介は鉄格子をお克に手渡し、ぱんぱんと手を払った。

さあてこれで引きあげるか、と文之介は思ったが、中庭に面している座敷の濡縁に眉を落とした女が膝を崩して座っているのに気づいた。

「あっ、おっかさん」

お克が走り寄る。

「大丈夫なの。膝は痛くないの」

「今日はだいぶいいの。陽気がよくなってきたからよ」

足を踏みだし、文之介は近づいた。

「あ、これはお役人、ご苦労さまです」

うろたえたように正座し直そうとするのを、文之介は制した。

「いいよ、膝が悪いんじゃ正座はつらいだろ。そのままでいい」

ありがとうございます、とお克の母が頭を下げた。お克も礼を口にする。

母親はお克には似ていない。骨太でがっちりしたお克とちがい、ずいぶんやせている。顔もほっそりとして、色白だ。

お克が文之介と勇七を紹介する。

「喜美《きみ》と申します」

母親も名乗り返してきた。

「文之介さまには、やくざ者に絡まれているところを助けていただいたの。それ以来のおつき合いよ」

なにっ、と文之介は思った。あれは、啓吉《けいきち》という幼なじみをつかったお克の狂言ではないか。

「さようでしたか、それは娘がお世話になりました。お礼にもあがらず、申しわけございません」

なにも知らない母親がていねいに礼を述べる。

「いや、まあそんなのはいいんだが」

やれやれ。文之介は首を振った。

「膝はよくないのか」

「持病みたいなもので、あたたかくなればいつもよくなるんです」

「そうか。——じゃあ、お克、これで引きあげるからな。なにか思いだしたことがあったら、教えてくれ」

「はい、文之介さまがそうおっしゃるんでしたら、一所懸命に思いだします」

頼む。げんなりしつつ文之介は外に出た。

「しっかし、あの女といると、気疲れがひでえな。肩が凝ったぜ。お灸でもしてもらわなきゃ駄目だな」

「気疲れなんてないでしょう」

「おめえはいつまでも一緒にいてえのかもしれんけど、俺はちがうんだよ」

「でも旦那、うまくやりましたね」

「なんだ、そりゃ」

「お母さんまで紹介されたじゃないですか」

文之介は足をとめた。

「母親が認めたから、これでおおっぴらにお克とつき合うことができるっていいてえのか。馬鹿か、おまえは。俺にはそんな気はねえって何度もいってるだろうが」

「本当でしょうねえ」

「疑り深い野郎だ。俺はお春にしか目がいってねえんだよ」

「でも昨日、あの手習師匠に心を移しかけたじゃないですか」

「あの女はきれいだからだよ」

「お克さんはちがうとでも」

ちがうだろうが、と怒鳴りかけて文之介は言葉をとめた。ここで勇七を怒らせて殴られるのはごめんだ。それに、こんな会話はなんの意味もない。疲れるだけだ。

「お克はきれいかもしれねえが、少なくとも俺の好みではない」

いいながら、文之介は舌打ちした。なんで俺が気をつかわなきゃいけねえんだ。

六

「ところで旦那、どこへ行くんです」

弾んだ口調で勇七がきく。

「そうさな、飛びの三吉のことをよく知ってる者はいねえかな」

「ご隠居はいかがです」

「親父にはきかねえ」

「どうしてそんな意地を張るんです。きけば喜んで教えてくれますよ」

「いいんだよ。隠居なんだから口だししねえで、おとなしくしてりゃあいいんだ」

「そうですかねえ。あれだけのお人、つかわないのはもったいなさすぎますけど」

文之介は耳を貸さず、考えはじめた。

「あいつはどうかな」

独り言をいうように口にした。

「誰です」

「うどん屋の親父だ」

「うどん屋。ああ、名もないうどん屋ですね」

「あの親父、いかにも一癖ありそうで胡散臭《うさんくさ》かったろ。なにか裏街道を歩んできたって気がしねえか」

文之介は空を見た。日はようやく長屋の屋根の上にかかりはじめた程度だ。店をひらくにははやすぎる刻限だが、客がいない分、有益な話がきけるかもしれない。

文之介は道を進みだして、すぐにとまった。

「勇七、あの店はどこだっけな」

勇七があわてて立ちどまる。

「覚えてないんですかい。自信満々に歩きはじめたから、てっきりわかってるもんだと思ってましたよ」

すぐさま勇七が教える。

「ああ、そうだった。でもおめえ、本当に物覚えがいいな」

「ほかにほめられるような取り柄もねえもんですから」

「いや、捕縄術《ほじようじゆつ》だってたいしたものじゃねえか。あれはすごいぞ」

「でも、これまでもあまり旦那の役に立っていませんし」

「そんなことはねえよ。おめえがいなかったら、危《あや》うかったことが何度もあったぜ」

深川久永町《ひさながちよう》に着いた。せまい路地を入ってしばらく進むと、いいだしのにおいがしてきた。

「やってるみたいだな」

文之介は暖簾の前に立ち、なんとなくなかの気配をうかがってみた。

いきなり戸がひらき、人影が目の前に立った。

「なんだ、お役人ですかい。なんか変なのが来たのかと思っちまいましたよ」

親父は険しい表情を一瞬にしてやわらげてみせた。

「変なのか。当たらずとも遠からずってところだな。でも、そんなのに来られるような心当たりがあるのか」

「まあね。これでもいろいろありやしたから」

きらりと瞳を光らせた親父は、凄みのある笑みを口許《くちもと》に一瞬たたえた。

「これでも、ってのはずいぶん遠慮したいい方だな」

「まだそう見えますか。入りますか。もうだせますよ」

「ありがてえ。小腹が空いてるんだ」

文之介と勇七は、誰もいない座敷の端に腰をおろした。

茶を持ってきた親父がじっと見る。

「なにかお話でも」

「鋭いな。教えてもらいたいことがあるんだ」

「ほう。先に注文をきいときましょうか」

「そうだな、冷たいやつを二つ頼む」

お待ちどおさま。うどんはすぐにやってきた。相変わらず烏賊《いか》刺しのような透明な白さで、見た目からして腰は抜群だ。刻み葱《ねぎ》と大根おろし、鰹節《かつおぶし》にぶっかけだしをかけて、さっそく箸《はし》をつかう。ほとんど飲みこむようにした。

「親父、相変わらず絶品だな」

「ありがとうございます」

文之介はあっという間にたいらげた。勇七もおくれずに箸を置く。湯飲みを手にして、文之介は茶をすすった。

「話ってなんです」

文之介たちが落ち着いたのを見計らって、親父がそばにやってきた。

文之介は、子供のように体が小さい泥棒のことをきいたことがないか、問うた。

「体のちっちゃな泥棒ですかい。――ああ、今世間を騒がしてるこそ泥ですね。そいつ、体がそんなに小さいんですかい」

「いや、わからん。飛びの三吉っていうのだけはわかっているんだが」

「飛びの三吉ですか」

親父がなつかしそうにいう。

「会ったことがあるのか」

「いえ、ないですよ。以前、耳にしたことがあるだけです。謎の泥棒ですね。でも、飛びの三吉がそんなに体が小さいってのは、これまできいたことないですよ」

「そうか」

文之介はまた茶を飲んだ。

「手づまりなんですか」

「まあな」

「飛びの三吉が選んでいるのは大店だけなんですよね」

「そうだ。それだけの商家にまんまと忍びこんでるのに、持ってくのはせいぜい九両までだ。用心深いぜ」

「そうなんでしょうけど、大店を狙うってのは飛びの三吉のほうにもそれなりの心配りがあるからでしょう」

「どういう意味だ」

横で勇七も体を乗りだす。

「いえね、仮にちっちゃい店から八両盗んだとしますよね。もしかしたらそれは大事な仕入れの金で、それを取られたら店が傾《かたむ》くくらいのものかもしれないじゃないですか」

「そうか、これまで入られた店で盗まれたのは、すべて不意の買い物とか入り用があったときのための金だったな」

「でしょう。飛びの三吉は、以前は小さな店に奉公していたのかもしれないですよ」

「小店の苦しさを知ってるというわけか。なんとなく飛びの三吉の姿が見えてきたような気がするよ」

代を払った文之介は礼をいってうどん屋を出ようとした。その前に親父の名をきく。

親父がにやりと笑った。

「ちょっと待て。名もないうどん屋の親父には名なんてないんですよ。ちがうか」

「いえ、名くらいはありますがね、名乗るほどの者ではないってことですよ」

文之介は勇七とともに店をあとにした。

「とするとだな、飛びの三吉の野郎は刃物なんかまず持ってねえってことだな」

「それだけの気配りをもって仕事をやってるやつが、人を殺《あや》めるような得物《えもの》を持ってるとは思えないですものね」

文之介は路地を出て、振り返った。

「しかしあの親父、何者かな」

「名乗らないことも合わせて、ただ者じゃないのは確かですね。旦那の気配に気づいて戸をひらくなんて、なまなかの者にできる芸当じゃないですよ」

「しかも向こうは俺の気配をさとったのに、俺にはさとらせなかった」

「前科持ちですかね」

「ちがうな。そんなへまを犯すような男には見えねえ」

文之介たちは通りに出た。途端に明るい陽射しに包まれ、文之介はほわわ、と大あくびをした。

「旦那、そんなでっけえあくびして。町人たちがあきれてますよ」

「かまわねえよ」

文之介は通りを見渡した。

「さて、どうするかな。勇七、飛びの三吉をひっとらえるに当たってなにかいい案があるか」

「いえ、あっしはなにも」

「もう一度、入られたところを当たるってのも芸がねえな」

「青山はいかがです。お克さん、なにか思いだしたかもしれないですよ」

「気持ちはわかるが、勇七、あの店を出てまだ一刻もたってねえ」

ふむ、と文之介は腕を組んだ。

「三月庵にでも行くか。あのきれいな顔でも見れば、ひねりだせるかもしれねえ」

「旦那、仕事をしたほうがいいですよ。手習師匠の顔を見たからって、いい考えなんて出てこないですって」

この野郎、本当に気がねえんだな。文之介はまじまじと見た。

「なんです、その目は」

「いや、つくづくおめえは不思議な生き物だと思ってよ。浅草あたりで見世物にできるんじゃねえのか」

「旦那にいわれたくないですよ」

結局、文之介は南本所元町に向かった。そこで、掏摸の子供たちのことを住人たちからききこんだ。

だが、誰一人として掏摸の子供たちのことは知らなかった。

「くそ、こっちも空振りかよ」

文之介は空を見あげ、太陽を捜した。

「なんだよ、もうあんなに傾いてるじゃねえか。さっきうどん食ったばかりだと思ってたのに。——勇七、腹が減ったな」

「そうですねえ。八つをだいぶまわってますから」

「もうそんなになるのか。ときを忘れるなんざ、ちょっとまじめに励《はげ》みすぎたな」

文之介はすたすたと歩きだした。

「旦那、どこ行くんです」

勇七があわててついてくる。

「蕎麦屋だ。ちょっと遠いが、竪川《たてかわ》沿いにいい店があるのを思いだしたんだ」

「なんて店です」

「忘れた」

店は葉志田《はしだ》といい、本所柳原町《やなぎわらまち》一丁目にあった。

二人は暖簾をくぐった。八つすぎだというのにかなりこんでいる。座敷の奥に場所を見つけ、腰を落ち着けた。

「ここも娘っ子の尻を追いかけて見つけたんですか」

勇七がまじめな顔できく。

「馬鹿いうな。藤蔵《ふじぞう》に教えてもらった店で、うめえうめえって蕎麦切り食ってたら、この蕎麦が好きならもっとおいしい店がありますよ、って見ず知らずの客がこっそり耳打ちしてくれたんだ。俺はもう三度目だけど、本当にうめえぞ。うまい物に苦労なくありつける。これ以上ありがてえことはねえな」

注文を取りに来た小女《こおんな》に盛りを二つずつ頼んだ。六、七人の客の出入りがあったのちに、蕎麦切りがやってきた。

「こりゃまたずいぶん太い麺《めん》ですねえ」

勇七が目を丸くする。

「まあな、これだけ太いのは江戸じゃあ滅多にお目にかかれねえな」

「色は蕎麦ですが、ちょっと見、うどんみたいですね」

「喉越《のどご》しを楽しむより、蕎麦本来の甘みを味わう感じかな。つべこべいわずとにかく食ってみろ」

文之介はさっそくつゆに蕎麦をくぐらせ、ずるっと吸いこんだ。ふつうの蕎麦ならほとんど嚙《か》まずに飲みこんでしまうのだが、この蕎麦は咀嚼《そしゃく》しないではいられない。

「うめえな。嚙むと、口のなか一杯にたちのぼった蕎麦の香りがふわあとふくらんで鼻から抜けてくところがいいよな」

勇七もずるずるやっては嚙んでいる。

「へえ、おいしいですね。こういう蕎麦切りははじめて食べましたよ」

「気に入ってくれたようだな」

文之介はそのことがうれしかった。

二人はあっという間に二枚をたいらげ、さらにもう一枚ずつ頼んだ。

その蕎麦がやってきてがっついているとき、文之介は背後で艶《つや》っぽい女の声をきいた。

「兄ちゃん、また来てね」

文之介はなんとなく振り返った。

暖簾のそばにこの店の女将《おかみ》が立っていた。ちょうど暖簾を払って、がっしりとした男が軽く右肩を揺すって外に出ていったのが見えた。

女将は追うように外に出て、しばらく見送っている様子だった。

「あの女の人は誰です」

勇七にきかれ、文之介は説明した。

「へえ、あんな若い人がこの店を切り盛りしてるんですか」

「若いっていっても、三十すぎだろう」

「あの人が打ってるんですか」

「らしいな」

「へえ、どこの出なんですかね」

「さあな、信州《しんしゅう》あたりじゃねえのか。あの女将、あんまり口きかねえもんでな。声だって久しぶりに耳にした気がするぜ」

その後、文之介たちは自身番をめぐって、飛びの三吉につながりそうな手がかりを得ようとしたが、それも無駄足に終わった。

「日も暮れてきたし、勇七、番所に戻るか」

「ええ、でもこんなに歩きまわって収穫なしだとさすがに疲れますね」

勇七が額に浮かんだ汗をぬぐう。

「珍しいな、弱音を吐くなんて。でも、無駄に終わったわけじゃねえぞ」

「どういうことです」

「各町をまわってさ、とりあえずどの町も平穏なのが確かめられただろ。定町廻りとしては、それが一番だな」

「いやあ、最近はほんと、いうことが変わってきましたよね。立派ですよ」

「ほめるな、照れるじゃねえか」

文之介は勇七を見た。

「いや勇七、本当に黙りこむことはねえんだ。そういう耳にすんなりとなじむ言葉は大好きだからよ、番所に帰るまでいい続けてもらいてえくらいだ」

奉行所に戻り、文之介は中間長屋へ向かう勇七とわかれた。上役の桑木又兵衛に今日一日のことを報告する。

「そうか、またも手がかりはなしか」

腕組みをし、又兵衛がむずかしい顔をした。

「わしの気がかりは、飛びの三吉が居直って人を傷つけたりせぬかということなんだ。そのためにも、文之介、一刻もはやくお縄にすることだ」

「人を傷つけるということですが」

文之介は、うどん屋の親父からきいた話を又兵衛に伝えた。

「なるほど、心配りか。その親父のいうことにも一理あるが、しかし犯罪者であるのはまちがいない。やはりなにをするかはわからん。文之介、容赦せずひっとらえろ」

又兵衛が厳命してきた。すぐに瞳の光をやわらげて、きいてくる。

「しかしそのうどん屋の親父は何者だ」

さすがに興味を惹《ひ》かれたようだ。

文之介はこれまでにわかっていることを告げ、それから人相風体も語った。

又兵衛は思いだそうとしている風情だったが、しばらくして首を振った。

「わからねえな。——文之介、これから飲みに行くか」

「うれしいお誘いですが、それがし、先立つものがありません」

「本当か。嘘、ついてねえだろうな」

疑いの目を向けられ、文之介は内心でため息をつきつつ財布を取りだした。逆さに振る。手のひらに落ちてきたのはびたばかりだ。

「本当にねえな。じゃあやめておこう」

又兵衛があっさりとあきらめた。

七

信じられん。沢之助《さわのすけ》の唇からつぶやきが漏れた。

沢之助は目をみはって、両手で抱いた仏像に見入っている。今こうして手で触れているのが信じられない、という表情だ。

沢之助が持っているのは、両の手のひらにすっぽりとおさまってしまうほど小さな仏像だ。

「お気に召しましたか」

土岐造《ときぞう》はきいた。

「お捜しの物にぴったりだと思うんですが」

沢之助が、眼前になじみの骨董《こっとう》商がいることを思いだしたかのように顔をあげる。

「ああ、気に入った。どこでこれを」

目を光らせてきいてきた。このあたりの眼光の鋭さは、さすがに三十名からのやくざ者を率いる親分だけのことはある。

土岐造は、腹の底からぞくりとしたものがよじのぼってきたのを感じた。

「いえ、あの、まことに申しわけないのですが、申しあげるわけには。すみません」

「まあ、そうなんだろうな」

土岐造はほっとし、息を一つついた。

「あの、どうされます」

「もちろん買う。いくらだ」

「十両です」

沢之助が眉をひそめる。ふっかけすぎたか、と土岐造は思ったが、これが仮に二十両でも買っていたはずだ、との読みがある。

沢之助が目を細め、見つめてくる。

その迫力に圧《お》され、土岐造はうしろにふらつきかけた。

体自体がっしりとしており、相当の膂力《りょりょく》がありそうだが、この沢之助という男が持つ迫力はそういうものではない。魂そのものから発されるというのか、これまで誰もくぐり抜けていないような修羅場を経験しているような、底知れぬ怖さがにじみ出ている。

顔はえらが張り、獣の骨でも嚙み砕いてしまいそうなくらい顎が大きい。目はどんぐり眼《まなこ》といってよく、鼻は潰れたようになっている。なにより目につくのは、左頰にある傷だ。そんなに大きいものではないが、そこだけ深くえぐられたのがはっきりとわかる。いったいなににやられれば、そんな傷ができるのか。

「よかろう」

沢之助が一言いい、深くうなずいた。

「だが今は持ち合わせがない。今夜、用意しておくから取りに来てくれ」

「ようございますよ」

これまでも何度かそうしている。

「五つでよろしいですか」

いいぞ。その答えをきいて土岐造は沢之助の家をそそくさと出た。いつもながらいやな汗をかいている。

だが上客だ。これまでかなり儲《もう》けさせてもらっている。なにしろ沢之助が値切ったことは一度もないのだ。

持ってゆきさえすれば金になるので、土岐造は一所懸命に仏像を集めてきた。おさめたのはもう二十体以上になるだろう。ほかの同業からも買っているという噂を耳にしたことがあるので、沢之助が持っている仏像は百体をくだるまい。

しかし、どうしてあんな小さい仏像だけ集めているのか。

土岐造は一度、じかにきいたことがある。信心のため、とだけ沢之助は答えたが、土岐造の骨董商としての勘は、別に理由があると語っていた。

しかし今日は、と土岐造は思った。いつもと様子がちがっていた。待ち望んでいた仏像についにめぐり合えた、という感じを受けたが、勘ちがいだろうか。

とにかくいい商売ができたのは確かだ。あの仏像はたったの二朱で仕入れたものなのだから。

気がかりは今日の仏像で終わりではないか、ということだ。もしそうだとすると、いい金蔓《かねづる》を一つ失うことになってしまう。

いつもの通りに戻ってきた。店先につり下げられた提灯には、すでに火が入れられている。見慣れたその灯りは、今日に限ってはずいぶん美しく見えた。

『とき屋』と大書された障子戸をあけ、皿や壺、掛軸などが置かれた店のなかを進み、一段あがった畳敷きの間に腰をおろした。

奥から、お帰りなさい、と女房がやってきた。

「どうだった」

おたけが目の前に正座してきく。土岐造は、上々の首尾だったことを伝えた。

おたけが小娘のように小躍りする。

「そう、十両なの。よかったわね。今夜はご馳走にしようかしら」

「いいな、魚でも買ってきてくれ」

鯵《あじ》の塩焼きと少々の酒で腹を満たした土岐造は、刻限を見計らって集金に向かった。

「おう、待ってたよ」

沢之助が気安くいい、十両を支払った。

土岐造は小判を数えてから、確かに、と深く頭を下げた。

「では、これで失礼いたします」

「ああ、とき屋さんよ、また頼むぜ」

「えっ、まだ集められますか」

「もちろんだ。あれが最後じゃねえよ」

土岐造は心中でにんまりとした。蔓が切れたわけではない。

「わかりました。また今日のような仏像でよろしいのですね」

土岐造はいそいそと沢之助の家を出た。

店まであと二町ほどというところまで来たときだった。うしろからひたひたという足音が迫ってきたのを感じた。

懐には十両という大金が入っている。まさかこんなときに物取りか。

土岐造は息を静めようとした。まわりには灯もあるし、人通りも多い。いざとなれば声をあげればいい。これだけの人通りのなか、まさか襲ってくることはあるまい。

それでも不安は打ち消せない。土岐造はうしろに提灯をまわした。不審な人影が浮かびあがることはなかった。

なんだ、思いすごしか。土岐造はほっと息をついた。

そのときだった。横合いの路地から二本の腕が伸びてきた。

肩をがしっとつかまれ、ものすごい力で路地に引きずりこまれる。声をあげようとしたが、手のひらで口をふさがれた。

腹に衝撃を感じ、呼吸ができなくなった。その直後、首筋に強い打撃を受けた。

体から力が抜けてゆく。ぐったりと地面に横たわりそうになるのを、途中で受けとめられた。誰かの背中に背負われたように思ったが、わかったのはそこまでで、土岐造の意識の綱はぶっつりと切れた。

目が覚めたのは、頰に氷のように冷たいものを感じたからだ。

土岐造ははっとして体を起こそうとした。目に飛びこんできたのは、闇《やみ》に白く光るものだった。

土岐造はごくりと息をのんだ。目の前で淡い光を放っているのは匕首《あいくち》だ。

「とき屋さんよ」

声にきき覚えがあった。思いだすまでもなかった。

「親分……」

土岐造はうしろ手に縛られ、足にも縛《いまし》めがされている。

「どうしてこんなことを」

匕首が土岐造の顔の前で揺れる。

「ききたいことは一つだ」

その意が伝わったか確かめるように、沢之助がじっとのぞきこんできた。

目が闇に息づく獣のように底光りしている。怖かった。土岐造は泣き叫びたい気分に駆られた。

「泣いてもわめいてもかまわんが、誰も助けには来ない」

土岐造はまわりを見渡した。どこかの家のようだ。しかし床板がそこかしこで抜け、戸もないことから明らかに廃屋だ。見える景色は真っ暗で、その先にも灯《あか》り一つ見えない。

「ききたいことってなんです」

土岐造は震え声でたずねた。

また匕首が動き、鼻の前でぴたりととまった。

「今日の仏像、誰から手に入れた」

「それは……あの……」

腹に拳《こぶし》。息がつまる。

「さっさと話せ」

顔を近づけ、沢之助が命じる。

「親分、ど、どうしてこんなことを」

また腹を打たれ、土岐造は激しく咳きこんだ。

「いいか、俺としても手荒い真似はしたくないんだ。とっとと吐いちまえば、お互い家に帰れるんだよ」

「ほ、本当ですか。本当に帰してもらえるんですか」

「当たり前だ。さんざんおめえに世話になった俺だぜ」

それを明かすかのように沢之助が匕首を鞘《さや》におさめ、帯に差した。

「誰から手に入れた」

声がこれまでよりやさしくなった。だが、土岐造には凄みを増したように感じられた。

「あれは名も知らない人です」

また腹に拳が入れられた。土岐造は夕食を吐きそうになった。

「知らないってことはないんじゃないか」

土岐造はあまりの苦しさに涙が出てきた。沢之助が手ぬぐいをだし、それをふく。

「とぼけるのはなしにしようや」

「ど、泥棒からです」

どうしてこんなことに、と思いつつ土岐造は答えた。

「ほう。おまえさん、故買をしてたのか。その泥棒の名は」

「知り――」

そう口にした瞬間、また腹を打たれた。これまでで最も強烈だった。

「とぼけるのはなしといったぞ」

げほっ、げほっと咳きこむ。しばらく声が出なかった。苦しみがわずかながらも去ってから、土岐造は名を口にした。

「飛びの三吉だと。どこにいる」

「知り――」

うぐっ。土岐造は前のめりになった。ついに苦いものがせりあがってきて、食べたばかりの鯵が出てきた。

「ほ、本当です。本当に知らないんです」

唾《つば》と泡を飛ばすようにして、必死にいい募る。

「その飛びの三吉だが、仏像をどこから盗んだと」

「きいていません。——本当です。あっしらもきかないのが決まりというか、そういうものになってるんで」

土岐造は身構えたが、拳はこなかった。

腹を打たれなかったのが、心の底からありがたかった。

「飛びの三吉が店に来るときは、前もってつなぎがあるのか」

「いえ、そういうのは別に。いつもふらりとやってきます」

「飛びの三吉の居場所を知りたい」

「しかし……」

沢之助が拳を振りあげる。

「本当に知らないんです」

土岐造は振りおろされる前に叫ぶようにいった。

「思いだせ。居場所でなくとも、居場所につながりそうなことでもいい」

土岐造は必死に考えた。はやく思いだせ。思いださないと、また拳がくるぞ。

土岐造は頭になにか引っかかったのを感じた。あれはどこだったか。——ああ、そうだ。

「そういえば、一度だけですが、姿を見かけたことがあります」

ある商家に掛軸を納品しに行ったとき、飛びの三吉の顔を見かけた。まだ日は高かったが、その商家そばの飲み屋の暖簾をくぐっていった。

こんなところで会うなんて。土岐造は飲み屋に近づき、なかの気配をうかがった。

「飛びの三吉は、店の者らしい女と声高《こわだか》に話をしてました。おそらくなじみなんじゃないかと思うんですが」

「よく思いだしたな」

沢之助がにっこりと笑う。

「その飲み屋の場所は」

土岐造はできるだけ詳しく述べた。

「よし、よくわかった」

沢之助が立ちあがる。

「あの、これで帰してもらえるんで」

「いや、ちがう場所に行ってもらう」

土岐造は落胆した。こわごわときく。

「別の場所といいますと」

「冥土《めいど》だ」

げえっ。土岐造は喉の奥で叫び声をあげた。

「すまんな。おまえにうらみなどないが、ここでのことをぺらぺらしゃべられるわけにはいかんのでな」

「あっしは決して口になんかしません。お願いです、信じてください」

「残念ながら信じるわけにはいかん。飛びの三吉から仏像を買い取ったのが、おまえの運の尽きだったんだ」

八

「こんな朝っぱらから殺しか。まいったな」

文之介は息を切らしつつこぼした。まばゆい朝日が真正面から顔を照らしてくる。

「泥棒に加えて今度は人殺しかよ、まったく大忙しだな。江戸の町に何人同心がいるか、下手人の野郎どもはわかってやがるのか」

「旦那、そんなにぼやかずとも」

軽い息づかいとともに勇七がうしろからなだめる。

「決して待ち望んじゃいなかったですけど、殺しの探索こそ旦那が最も力を発揮できる場であると、あっしは信じて疑っていませんから」

「そうか、勇七。おめえは俺のことをそんなふうに思っていたのか。そうか、そうか」

文之介の足に力が加わり、それまで以上にはやく走りはじめる。

「ほんとに簡単でいいや」

勇七がつぶやく。文之介は振り向いた。

「なんかいったか」

「いえ、なにも」

着いたのは柳島村《やなぎしま》だ。西側に亀戸町《かめいどちょう》の町並みが続き、出羽久保田《でわくぼた》で二十万石余を領する佐竹《さたけ》家の下屋敷が見えている。

「このあたりのはずなんだが」

文之介がちらほらとれんげが咲きはじめている田を突っ切る道のまんなかで見渡していると、意外に近くから声がかかった。

「おーい、ここだ」

見ると、先輩同心の石堂一馬《いしどうかずま》が手を振っていた。背後には、崩れかけた家が建っている。いや、建っているというより、崩れるのをかろうじて持ちこたえている、といったほうがいい。

文之介は勇七に家の前で待っているように命じてから、石堂とともになかに入った。むっとする生臭いにおいに包まれる。

すでに検死役の医師である紹徳《しょうとく》が死骸《しがい》をあらためていた。ほかには紹徳の小者《こもの》がいるだけだ。又兵衛や鹿戸吾市《しかとごいち》はまだのようだ。

文之介は死骸を見た。

五十近いと思える男が、家の壁に背中を預けるようにして横たわっている。匕首のような鋭利な刃物で心の臓を一突きにされたようで、傷口から噴き出たおびただしい血が着物をどす黒く染め、縛めをされた足のそばに血だまりをつくっている。縛めは腕にもされていた。

「殺されたのは誰です」

文之介は石堂にきいた。

「まだわかっておらん」

「見つけたのは」

「近くの百姓だ。いつも閉まっていたそこの雨戸が倒れていたんで、なんとなくのぞいたそうだ。そしたら——」

紹徳が首を振り振り立ちあがった。石堂が近づく。

「殺されたのは五つから八つまでのあいだでしょう。匕首のような刃物による心の臓への一突きがこの人の命を奪いました」

紹徳が再び腰をかがめる。

「興味深いのはこの腹のあざですね」

血のついた着物をめくる。

「これですよ。腹を何度も殴られたんじゃないですかね。正確に肝の臓の急所を打っています。やられたほうは相当苦しかったんじゃないですかね」

「なんのためにそんなことをしたと先生は思われます」

すかさず石堂が質問する。

「検死が仕事ですからあまりそういう問いには答えたくないのですが、おそらく責めたんじゃないですか。――それからここ」

紹徳は死骸の頭を持ち、首筋が見えるようにした。

「ここにもうっすらとあざがあります。ここをやられて、気絶させられたのではないか、と思うのですが」

「では、よそで気を失わされ、ここに連れてこられた、ということですか」

「その見当でまずまちがいないと。ほかにおききになりたいことは」

「いえ、ございません。どうもありがとうございました」

紹徳は小者を連れて外に出ていった。外に出てすぐ大きく息を吸いこんだのが見えた。

「責めか。どうしてそんなことをしたのかな。文之介、どう思う」

石堂が目を転じてきた。

「なにかききだしたいことがあったのでしょうね」

「それはなにかな。まあ、それがわかれば事件は解決したも同然なんだろうけど」

「とりあえずは仏さんの身元を割りだすのが先でしょうね」

文之介は死骸に目を向けた。

「ただ不思議なのは、責めならなぜ耳を切るとか鼻をそぐとか、目を突くとかしなかったかということですね」

「目立たせたくなかった、ということか」

「下手人は、紹徳先生の腕のよさを知らなかったんでしょう」

「その手のやり口といったら、やはりやくざ者だよな」

確かに、と文之介は同意した。責めたのを、こうして誰にも知られないようにするのはやくざ者がよくやる手口だ。

石堂が死骸を見おろす。

「この男、やくざ者とつき合いがあったのかな」

文之介はかがみ、死骸の懐を探った。財布が出てきた。なかは空だ。

「この仏さん、なりはけっこう上等ですよね。商人ですかね。それなのに財布が空っぽというのは、金目当てで殺されたってことも考えられますね」

「そうだな。でも文之介のいう通りまずは身元だな。文之介、そっちから当たってくれ。俺はここで桑木さまたちの到着を待つ。それから身元がわかったら、北松代町《きたまつしろちょう》三丁目の自身番に連れてきてくれ。仏さんはそちらに移しておくから」

わかりました。廃屋を出た文之介は勇七を連れて田んぼ道を歩きはじめた。なにをすることになったか、勇七に説明する。

「だが手間はかかるな。一つ一つ自身番を当たってゆくしかねえんだから」

「いや、きっと大丈夫ですよ。旦那が当たれば、身元なんかすぐに明かされますよ」

「そうかな。そうなってくれることを切に願うが、どうもそんなにたやすくいかねえような気がするな」

これは文之介の勝ちだった。結局、身元が知れたのは、太陽がだいぶ傾き、冬のような寒さが江戸を包みこみはじめた頃だった。

「まちがいねえのか」

文之介は、本所緑町《みどりちょう》一丁目の町役人にただした。

「は、はい。昨夜から戻らない人が確かに町内におります」

町役人がいうには、名は土岐造、歳は五十一。骨董商で、店は二丁目にあるとのことだ。緑町は、一丁目と二丁目の自身番が一緒になっている。

「血縁は」

「女房が一人。子供はおりません」

「届けはその女房がだしたのか」

「はい、今朝はやくに」

「家は店と一緒か」

「さようです。――あのお役人、本当に土岐造さん、死んじまったんですか」

「まだわからん」

町役人の案内で、文之介たちは土岐造の営むという骨董店に向かった。

とき屋は閉めきられていた。町役人がやさしく障子戸を叩く。

間髪《かんはつ》を容《い》れず、戸がひらいた。

「ああ、銀八さん、主人が見つかったんですか」

女房らしい女がすがるような口調でいったが、大きく見ひらかれた目が文之介を見た。

まさか。唇がそう動き、文之介を仇《かたき》のようににらみつける。うしろに控える勇七にも同じ目を向けた。

「主人にいったいなにが」

「あの、おたけさん……」

文之介は、それ以上の言葉をなくした町役人を制して一歩、前に出た。

「土岐造によく似た男が亡骸《なきがら》で見つかった。一緒に来て、確かめてほしい」

おたけと呼ばれた女房は文之介に手を伸ばしかけたが、すぐに気づいたように戸に体を預けた。ずるずると崩れ落ちてゆく。

文之介は見ておられず、途中で支えた。

「まちがいないんですか。本当に主人なんですか」

泣きながらおたけがきく。文之介は悲しくてならなかったがなんとかこらえ、首を横に振った。

「まだそうと決まったわけではない。そのためにも一緒に来てほしい」

夕闇が迫ってきたなか、おたけと町役人を連れて文之介たちは深川北松代町三丁目の自身番にやってきた。

外で石堂が一人、立っていた。

「連れてきました」

文之介は、石堂におたけと町役人を紹介した。石堂がどうぞ、と二人を自身番のなかに導く。

五人の町役人がつめていた。ご苦労さまです。五人は次々と辞儀をした。

石堂が土間に横たえられた死骸のむしろをはぐ。

いかがです、という暇もなかった。わっと泣きだしたおたけが死骸にすがりつく。あんた、あんた、と体を揺さぶるが、なんの応《いら》えも返ってこない。

文之介はそれを痛ましい思いで見ていた。どんな理由があるにしろ、家族にこんな悲しみを与える者は許せなかった。横で勇七も拳をかたく握り締めている。

おたけは泣き続けていた。やがて荒い波がおさまったように泣き声が途絶えた。

「大丈夫かい、少しは落ち着いたか」

石堂がかすかに震える背中に声をかける。おたけが死骸から離れ、土間に呆然《ぼうぜん》と座りこんだ。まぶたが腫《は》れ、目は真っ赤に充血している。

「どうだ、話ができるか」

ぼんやりと石堂を見つめた。はい、とうなずく。

「なんでもきいてください」

「そんなところではなんだ、こっちに座りなさい」

畳敷きの間を示したが、おたけは遺骸を見つめ、こちらでけっこうです、とかぶりを振った。

「そうか」

石堂が文之介を見る。文之介はうなずきを返し、おたけの前に片膝をついた。

「昨夜、土岐造は出かけたのか」

「はい、出かけました」

おたけがか細い声で答える。

「沢之助親分のところに、十両の金を受け取りに」

「さわのすけ親分というのは、やくざ者か」

「さようです」

「十両の金とは」

おたけが説明する。

「土岐造はその親分のところに代をもらいに行ったんだな。親分は得意先の一人か」

「はい、いつも買われるのは仏像なんですが、値引きなど一切しないですむ、とてもいい客だと主人は申してました」

「十両を受け取りに行ったということは、品物は先に渡していたということか」

「そうです、昨日の昼間に」

「あと払いはよくあるのか」

「はい。それに、昨日は十両と高価でしたから、当然のことだと思います」

文之介は間を置いた。

「水でも飲むか」

「いただきます」

文之介は町役人に頼んだ。

水が入った湯飲みがおたけに手渡される。おたけはごくごくと喉を鳴らして飲んだ。

「昨夜、十両が支払われるというのを知っていた者は」

「主人に私、それと沢之助親分です。親分は手下に話したかもしれませんけど」

その十両目当てに殺されたということは十分に考えられる。

「そのさわのすけ親分の家はどこだ」

すぐさまおたけが口にした。

「土岐造は昨夜、何刻に家を」

「約束が五つということでしたから、六つ半には出ました」

「土岐造だが、最近誰かにうらみを買ったようなことはないか」

「いえ、そのようなことはなにも」

「誰かに脅されていたようなことは」

「それも」

「見知らぬ誰かにつきまとわれたというようなことは」

「いえ、それも。昨夜だって十両の取引が成立したことで、上機嫌でしたから。なにか思い悩むようなことがあったら、あんな笑顔、できないと思うんです」

また新たな悲しみが襲ってきたようで、おたけが泣きはじめた。

「そうか、わかった。ありがとう」

文之介は立ちあがり、石堂に歩み寄った。

「その親分のところに行ってきます。土岐造が襲われたのが十両を懐にしたあとか前か、それでわかりますし」

文之介は勇七をうながして、自身番の外に出た。

夜の帳《とばり》がすっかりおりてきていた。闇の向こうから冷たい風が吹き渡ってきて、懐に入りこむ。

「寒いな」

ぶるりと体を震わせた文之介はつぶやき、勇七に町役人から借りた提灯を渡した。

勇七が火を入れる。道先がほんのりと照らしだされた。

「さあ行くか、勇七」

九

文之介の気にかかっているのは、やはり土岐造が受けた責めだ。

もし土岐造が十両を集金し終えたあとだったとしても、十両が消えていたのは、金目当てに見せかけるためだろう。

おたけは、沢之助親分の家は本所長岡町《ながおかちょう》にあるといった。

「長崎橋《ながさき》の近くですからすぐにわかります」

長崎橋は北中之橋とも呼ばれる。沢之助の家はそのあたりでは一際大きく、人に教えられずともあっさりたどりつけた。

庭のほうにまわり、枝折戸を入ろうとした。横の路地から、提灯を掲げた人相の悪い男が二人やってきた。

「なにか用ですかい」

文之介を町方役人と認めてか一応口調はていねいだが、二人とも射抜《いぬ》くように瞳は鋭い。

文之介を守るように立ちふさがった勇七がにらみ返す。

「親分に会いたい」

「どんな御用です」

「親分にじかに話す」

文之介は勇七の前に出た。

「とっとと取り次ぎな」

一人が枝折戸を入ってゆき、腰障子に声をかけた。すぐに障子がひらき、右目が潰れたような男が顔をだした。

その男が立ってゆき、奥に姿を消した。

すぐに戻ってきた。

「お待たせしました」

文之介に向かって頭を下げる。

「どうぞ、いらしてくだせえ」

文之介と勇七は右手の座敷に導かれた。そこにはすでに親分らしい男が正座していた。隅の行灯《あんどん》に照らされた横顔は、三十人からの子分どもを束ねるにふさわしい迫力を備えている。歳《とし》は四十をすぎたくらいだろうか。意外な若さだ。

文之介はあぐらをかいた。うしろに勇七が正座する。

「あんたが親分の沢之助かい」

文之介は凝視してたずねた。顔と体の大きさにも驚かされるが、なんといっても左頬にあるなにかでえぐられたような傷が瞳を撃つ。

「なに用ですかい」

腹を震わせるような低い声でたずねる。

文之介はへそのあたりに力をこめ、来意を伝えた。

「ええ、確かにとき屋さんなら五つすぎに来ましたよ。十両を懐に帰ってゆきましたけど。――とき屋さん、どうかしましたか」

「死んだよ、昨夜殺されたんだ」

「ふーん、そうですかい」

「驚かんのだな」

「人はいつかは死にますから。とき屋さんは、それが昨日だったってことなんでしょう」

なるほど、と文之介はうなずいた。

「土岐造とは親しかったか」

「まあ、それなりに」

「十両で買い取った仏像を見せてくれるか」

「いいですよ」

気軽にいって沢之助が立ち、文之介と勇七を奥の一室に案内した。

こちらです。そういって襖をあける。

圧巻だった。大きくても一尺ほどだろうか、それがひな壇のようなところにずらりと並んでいる。沢之助が行灯に火を入れた。

その光が淡く当たって、仏像の群れは神々しく見えた。その一方で、どこか不気味な感はぬぐえない。

「いくつあるんだ」

「百体を超えたくらいですか」

「昨日のは」

これですよ。一番手前の段の中央にあるのを、沢之助が取りあげた。

手渡された仏像を文之介はしげしげと見た。

とても十両の価値があるとは思えない。どこにでも転がっていそうなほど小汚いし、造作自体、なんの知識もない文之介が見てもていねいとはいえない。精緻《せいち》さにまったく欠けるといってよかった。

「正直にきいていいか。——これが本当に十両するのか」

「とき屋さんがそういいましたからね」

「とき屋を信じてたんだな」

「いい腕をしている、いや、してたと思ってますよ。こちらが望んだものはあっという間に持ってきてくれましたし」

「この仏像のどこが気に入ったんだ」

文之介は手のうちでもてあそぶようにした。沢之助が険しい目を浴びせてきた。

文之介が興味深く見返すと、瞳から光は消え、やくざ者にはふさわしくないような穏やかなものに戻った。

「古さですかね」

「古けりゃいいのか」

「そういうわけではないんですが、あっしの心に触れるものがあったってことですよ」

文之介はもう一度じっくりと見てから、仏像を返した。壊れ物でも扱うような手つきで沢之助は受け取り、元の位置に置いた。

「昨夜、土岐造が帰ったあと、おまえさん、どうしてた」

「ここじゃなんですから、座敷に戻りませんか」

三人はそろって座敷に腰をおろした。

沢之助が、置かれていた湯飲みに手を伸ばした。

「妾のところに行きました」

文之介たちにも飲むように仕草で示す。

文之介は湯飲みに目をやっただけだ。

「妾か。おまえさんたちは、いつ死ぬかわからねえってことで女房は持たねえんだよな。妾はどこに住んでる」

沢之助が素直に口にする。文之介は住まいの場所を頭に刻みこんだ。

「お茶、飲みませんか。別に毒は入ってないですよ」

文之介は沢之助を見つめた。

「さっきから気にかかっていたが、言葉になまりがあるよな。出は陸奥か」

「ええ、そうです」

「陸奥のどこだ」

「さて、ご存じかどうか」

「ためしにいってみろ」

「磐井《いわい》郡というところです」

知らない。

「いつ出てきた」

「十年ばかり前です」

「十年だと。たった十年でどうやって親分に成りあがった」

「まあ、いろいろとですよ」

文之介は湯飲みを取りあげ、手で包みこんだ。

「昨夜だが、帰る土岐造を見送ったか」

「ええ、もちろん。——そのときにとき屋さんにおかしな様子がなかったか、知りたいんですね。いえ、別段そういうのはなかったですよ。いつものとき屋さんでした」

口許に笑みを浮かべる。

「いや、いつもよりうきうきしていたでしょうかね」

文之介はその笑いを封じるようににらみつけた。

「一つききてえことがあるんだが、いいか。おめえさん、ずいぶん力がありそうだが、人を痛めつけたりはするのか」

「滅多にしませんよ。子分がへましたとき、殴りつけるくらいのもので」

「堅気には」

「だしませんよ、一切ね。ですから、こうしてお役人方にも目をつけられずにいられるんで」

「人から力ずくで秘密をききだすとき、おめえさんならどうする」

「そんなこと、したことはありませんよ」

「たとえばの話だ」

文之介は、沢之助にじっと目を当てたままだ。沢之助が見つめ返してくる。

「そうですねえ、どうしますかねえ」

「目立たねえところを痛めつける、ってのがやくざのやり口らしいな」

「そうかもしれませんが、あっしはやりませんよ」

「どうだかな。ところで、その傷はどうした。どうしてこさえた」

沢之助が左の頬に触れる。

「出入りですよ」

「なんの傷だ。匕首の類《たぐい》じゃねえな」

「あっしにもよくわかりません。気がついたら、ついてましたから」

十

女のしゃべり声がする。文之介は廊下を進み、火鉢からのあたたかみが漂い出てくる部屋に入った。

「お帰りなさい」

お春が声をかけてきた。

「おう、ただいま。――あれ、姉さんも来てたのか」

「ええ、久しぶりね」

実姉の実緒《みお》がにっこりと笑いかけてくる。

「一月ぶりかな」

「そうね。男だけの家だからもっと来たいんだけど、なかなかそうもいかないわ」

「気にすることなんかないよ。父上と二人だけなら、むしろ気楽でいい」

「あなたたちならそうでしょうね。文之介、そんなところに突っ立ってないで、腰の物を置いていらっしゃい」

文之介は自分の部屋に長脇差を置いてきた。二人がいる部屋に戻ると、お春がきいてきた。

「ご飯は」

「まだだ。給仕してくれるのか」

「いいわよ」

これには文之介がびっくりした。

「珍しいな」

「たまにはいいでしょ」

お春が茶碗《ちゃわん》に飯を盛ってくれた。おかずは漬物と鰯《いわし》の塩焼き、それに味噌汁《みそしる》。

文之介は三杯食べて、箸を置いた。

「ねえ、おいしかった」

「ああ、すごく。この味噌汁はお春がつくったのかい」

「ううん、実緒姉さん」

「なるほどね」

「なにがなるほどなの」

「いい味をだしてると思ってさ」

「私のとはちがうっていいたいんでしょ」

「お春のはあれでなかなかいい味が出てる」

「あれでってどういう意味よ」

「深い意味はないさ」

「ちがうわよ」

横から実緒がいった。

「本当はそのお味噌汁、お春ちゃんがつくったの」

「へえ、そうか。お春、やるな」

「でしょ。姉さんに習えば、私もそれなりにできるのよ」

「はやいとこ一人でつくれるようになったらいいな」

文之介は床の間に目をとめた。

「あれ、その花は。梅かな」

一輪の花をつけた枝が壺に生けられている。

「きれいだな。まだ夜は寒いけど、こういうのを見ると春を感じる」

文之介はお春を見た。

「お春が」

ううん、と首を振る。

「実緒姉さんよ」

「うちの庭で、梅がいくつか花をつけてたの。その一つよ。かわいそうだけど手折《たお》ってきたの」

「相変わらず達者なものだな」

文之介は感心した。

お春が一心に梅を見ている。瞳を動かさず、瞬きもしていない。

「どうした、お春」

お春ははっと我に返った。

「なんでもないわ。おかわりは」

「いや、もう三杯も食べたけど」

実緒がくすりと意味ありげな笑みをこぼした。

「父上は」

「まだ帰ってきていないのよ」

実緒が答える。

「どこに行ったのかな。女のところかな」

「まさか」

お春がかぶりを振る。

「結局、文之介さんがいってた女の人だって、ある商家に嫁いでたんでしょ」

「そうだ」

「実の子もいなかったんでしょ」

「まあな」

文之介はいったが、すぐにつけ加えた。

「でも父上のことだ、きっとどこかに隠し子がいるにちがいねえ」

「いつまでもいってなさい」

文之介は姉に視線を転じた。

「具合はどうなの。順調」

「もちろんよ」

「動く」

「まだよ」

「生まれるのは夏っていってたよね。楽しみだな。はやく夏になんねえかな」

「文之介さん、叔父上《おじうえ》になっちゃうのよね。その割に頼りないわね」

「仕方ないわよ、お春ちゃん。この子、昔っから甘えんぼだったから。でも、最近はけっこういい面構えになってきたように思うけど、お春ちゃん、どう思う」

「どうかしら。私はあまり変わんないと思うけどなあ」

「おめえはよ、ほとんど毎日俺の顔を見てるから、成長に気がつかねえんだよ」

「ほんとに成長してるのかしら、こんなにふにゃふにゃの顔してるのに」

「前はもっとふにゃふにゃだったわ」

さんざんないわれようだが、女二人を相手に口ごたえができるほど口が達者でないのを文之介は理解している。

「ああ、そうだ。文之介さん、実緒姉さんが身ごもっていること、おじさまにいっちゃ駄目よ」

「どうして」

「文之介はすぐ気がついたけど、父上、まだ気づいてないの。気づくまで放っておくのよ。そのほうが楽しいでしょ」

文之介はお春を三増屋《みます》へ送っていった。屋敷へ戻り、その足で湯屋へ行った。

湯屋へ行く途中、沢之助の妾に会ったときのことがよみがえってきた。

妾は肌がやたらに白いのが目立つ程度のどこにでもいそうな器量で、歳もさして若いわけではなく、沢之助の男っぷりからするとつり合わなかった。

話してみると、とにかく気性が素直で文之介自身、気持ちがやわらぐのを覚えたほどだ。言葉になまりがあり、それは陸奥のものだった。おそらくこのあたりを沢之助は気に入って、妾にしたものと思われた。

昨晩、確かに沢之助は来たと妾は答えた。やってきたのは五つを四半刻ほどすぎた頃とのことだ。

文之介はじっと見つめたが、妾が嘘をついているとは思えなかった。土岐造の死骸が見つかった柳島村から妾の家まで半里ばかり。

土岐造が五つすぎに沢之助の家を出たのを隣家の者が目にしている。何度か沢之助親分のところで見た顔だから、いくら提灯の灯りだけといっても見まちがいようがありませんよ、と隣家の女房はいいきった。

家を出た土岐造を襲い、あのあばら屋まで運んで殺した沢之助が五つすぎに妾の家に来るのは、まず無理だ。

あくまでも妾のいい分を信じれば、という話ではあるが。

湯を浴び、久しぶりに湯屋の二階に行くと三十畳はあろうかという広々とした畳敷きの端のほうに藤蔵がいた。

真剣な顔で将棋を指している。相手は、手ぬぐいをねじり鉢巻にした職人らしい男だ。

文之介は黙って隣に座った。

藤蔵がちらりと見る。

「あれ、文之介さん。なんか久しぶりですねえ。あったまりましたか」

「まあな。でもこの刻限じゃあ、湯がきれいじゃねえな」

「きれいじゃないっていうのは、ずいぶん遠慮したいい方ですね。でも、一番に来ても同じですよ。ここは三日はかえないですから」

「らしいな。どうだ、勝てそうか」

藤蔵がにやりと笑う。

「手前を誰だと」

「自信満々だな」

文之介は盤面を見つめた。しかしどちらが形勢有利かわからない。

「これで藤蔵が勝ちそうなのか」

「楽勝ですよ」

そのやりとりをきいた相手の男が渋い顔で舌打ちする。

「こっちのお方とやればよかったなあ。そうすれば二十文、取られることはなかった」

「ぼやきなさんな」

藤蔵がたしなめるようにいう。

「それに、こちらのお方はお役人だよ。賭《か》け将棋などもってのほかだ」

「ええっ、お役人、そうだったんですか」

のけぞるように驚いてみせたが、盤面を見つめて男はすぐにげんなりした顔になった。

「まだやるのかい」

藤蔵が投了をうながす。

「いや、やめた、やめた」

男が盤面の駒《こま》を崩す。

さすがだな。文之介は藤蔵の肩をぽんと叩いて立ちあがった。

「二十文のやりとりは俺がいないほうがよかろう」

藤蔵が笑い、ありがとうございます、と謝した。

「では文之介さん、また」

ていねいに頭を下げてくる。

またな。そう返して文之介は湯屋を出た。少し寒かったが、いい気分で歩きはじめる。

しばらくして、前にいる若い娘に気がついた。あれ、と思い、提灯を掲《かか》げた。

文之介は足をはやめ、娘の前にまわりこんだ。

「やっぱりそうだ。お師匠さんだ」

娘はびっくりした顔をしたが、すぐに文之介であることに気づいた。

「ああ、ごめんなさい。わからなかったわ。黒羽織《くろばおり》、着てないとやっぱりちがいますね」

「いい男に見えるかい」

弥生はくすっと笑った。

「お師匠さんも湯屋に」

「ええ。気持ちよかったわ」

弥生が湯船に浸かっている姿を想像した文之介だったが、下腹にくるようなことはなかった。それにその想像は弥生が発した質問で、あっさりと消え去った。

「勇七さんは」

「あいつは今頃飯でも食ってんだろう。番所内の中間長屋に住んでんだ」

「そう、御番所内に。勇七さんていくつなんです」

「俺と同い年だ。二十三だよ」

ちょうどいいわ、と弥生がつぶやく。

「お師匠さんは二十歳《はたち》ってきいたけど」

「そうです」

いきなりすがるような瞳を向けてきた。

「勇七さん、独り身ですよね。どなたかおつき合いしている人、いるんですか」

お克のことが頭に浮かんだ。

「つき合っているような女はいねえな」

「本当ですか」

弥生の顔に喜色が差す。すぐに気づいたように続けてきた。

「好きな人は」

文之介はどう答えようか迷った。本当のことをいって弥生をあきらめさせたほうがいいのかもしれないが、期待のこもった瞳を向けられては、そう簡単に口にはできなかった。

窮した文之介を救ってくれたのは、曲がり角だった。

「ああ、すまんな。俺はこっちだ」

「そうですか」

寂しげに一人たたずんでいる弥生とわかれ、文之介はほっと息をついた。

しばらく月と一緒に歩く。

「おい、文之介」

うしろから声がした。振り返ると、丈右衛門が微笑を浮かべて立っていた。

「あれ、父上」

今のやりとりの一部始終を見られていたのでは、と文之介は思った。

父からは酒が香った。

「飲んでらっしゃいますね」

「別に命を狙うような者もおらん。かまわんだろう」

「でも歳なのですから、ほどほどにされたほうが」

「誰が歳だ。剣だっておまえにはまだ負けんぞ。――今の娘は」

「近くの手習師匠ですよ。仙太たちを教えているんです」

「うまくいきそうなのか」

「とんでもない」

「なんだ、また袖にされそうなのか」

また、というところに文之介はむっとした。

「袖にされるとかそういうのではないですよ」

「ふむ、確かに熱くはなっていなかったようだな。どこがとはいわんが」

丈右衛門は酔いなど覚めた足取りで、さっさと歩き去ってゆく。

くそ親父め。まったく油断も隙もねえぜ。

文之介は足元の石を蹴《け》りあげた。石はきれいな弧《こ》を描《えが》いて夜にのみこまれてゆく。そばの家の雨戸にでも当たったようで、こん、といい音がした。

雨戸が手荒にあけられる音がし、女の怒鳴《どな》り声がした。

「誰だいっ、石投げたのは」

いっけねえ。文之介はあわててその場をあとにした。

第二章　食えぬ天麩羅《てんぷら》

一

「あんたかい、俺に会いたがってるっていうのは」

影だけが見えている男が口をひらく。

「そうだ」

二人が立っているのは、神社の本殿の前だ。無住の神社で境内《けいだい》はせまく、訪れる人などほとんどない。

闇が巨大な壁と化し、それにさえぎられたように風もなくなっている。近くの町屋からも、人の話し声など一切きこえない。ときがとまったかのような静寂があたりを支配していた。

「飛びの三吉だな」

覆面ですっぽりと顔を覆った沢之助はあらためて確認した。

「飛びの三吉、伝言をきいてくれたようだな」

「あんた、誰だ」

「誰でもよかろう」

「どうしてあの飲み屋を知った」

「いろいろつてがあるのさ」

雲間から月が出る。それと同時に飛びの三吉が目を細めた。

「なんの用だ」

「意外に気短なんだな」

沢之助は薄笑いを漏《も》らした。

「この前、仏像を盗んだだろう。どこから盗んだか、それを知りたい」

「なんの話だ」

「とぼけずともいい。わかってるんだ。土岐造からきいたよ」

飛びの三吉が見直すような目をした。

「三日前に殺されたときいたが、あんたが殺《や》ったのか」

「どうだかな」

「どうして殺した」

沢之助はふっと息を漏らしただけで沈黙を守った。

飛びの三吉が見つめてくる。

「あんた、陸奥の生まれか。なまりがあるようだが」

「どうでもよかろう」

「確かにな。——なぜあんたが土岐造を殺したか……仏像を誰から手に入れたかききだし、用ずみになったからだろう。それにあいつは、人を脅《おど》すことなどなんとも思ってないからな。生かしておいたらあんたを脅しにかかるかもしれん。あんた、土岐造が人を強請《ゆす》るのを知ってたのか」

「いや、初耳だ」

飛びの三吉が足場をかためる仕草をした。

「仏像のことをききだしたら俺も殺すのか」

「殺すつもりなどない。俺に、凄腕の泥棒を殺るのは無理だしな。それに、その気があるんだったら、こんな覆面などしてこんさ。どうだ、金をやろう。教えてくれれば五十両だ」

「ほう、気前がいいな」

沢之助は懐から二十五両入りの包み金を二つ取りだした。

「本当に持ってるのか。しかし、どうしてそんなことを知りたい」

「教えるのか、教えんのか」

「金をよこせ」

沢之助は包み金一つを放った。飛びの三吉は片手で受けた。

「まずは半金だ。残りは話をきいてからだ」

ふふ、と飛びの三吉が笑う。

「用心深いな。俺が話したら、そこにも行くんだよな。そして殺すのか。あの仏像には
どんな秘密があるんだ」

「知る必要はない」

「売っちまう前に調べておけばよかったな」

「調べたところでなにも出ん。はやくいえ」

しかし飛びの三吉は話しだそうとしない。

「いう気が失《う》せたようだな。金は取っておけ。ただし、残りはなしだ」

沢之助はさっと身をひるがえした。

「待った、待った」

飛びの三吉が引きとめる。

「あんたこそずいぶん気が短いな。――いいよ、教えよう。金のほうが大事だ」

飛びの三吉が軽く息を吸った。それから一気に吐《は》きだすように口にする。

沢之助は、その言葉をがっちりと抱えこみ、胸にしまい入れた。

「嘘ではあるまいな」

「むろんよ。はやく金をよこせ」

沢之助は放った。

「他言は無用だぞ」

「わかってるさ」

五十両を手にして、飛びの三吉はにっとした。

沢之助はにらみつけた。

「つけるのもなしだぞ」

「そんな怖い目をせずとも、わかってるさ。俺はここを動かんよ」

二

土岐造の死骸が見つかってから、四日目の朝があけた。今日も天気はよく、冬と春の境目のようなほんのりとした陽射しが降り注いでいる。

「勇七、最初はどこだ」

「深川今川町です。同じ骨董商の田崎《たざき》屋という店です」

文之介は田崎屋の店先に立ち、店がすでにあいているのを確かめた。

勇七が訪《おとな》いを入れ、文之介は出てきたあるじと店の土間で相対した。

「こんなところですみませんねえ。ちょっと今、奥が品物が入ってきたばかりで、ちらかってますんで」

あるじに、町方役人がやってきたことに対する怖れの色はない。

「あの、ところで今日は」

「同業の土岐造が殺されたのを知っているか」

「ええ、存じてますけど」

いきなりあるじの顔色が変わった。

「まさか、手前が殺ったとお考えになってここまで」

思いきり手を振る。

「手前は殺ってませんて。そりゃ確かに土岐造さんと大喧嘩《おおげんか》はしましたけど、あれは酒の席でのことですし。本気なんかじゃありませんよ」

「おまえさん、故買などもってのほか、といさめたそうだな。しかし土岐造にこてんこてんにのめされ、殺してやると口走ったそうじゃないか」

「ですから、口走っただけですよ。手前には人を殺せるだけの度胸なんてありゃしないんですから」

確かにその通りのようだ。文之介は勇七を振り返った。勇七が軽くうなずいてみせる。

「しかし弾みで、ということは十分に考えられるがな」

拷問までされた土岐造の殺され方は弾みなどでは決してなかった。

「虫も殺さないような人が急に、ってことはありますけど、旦那、信じてください。手前は本当に殺ってませんて」

「五日前の夜だが、どうしてた」

下を向き、あるじが考えこんだ。

「ねえ、おまえさん」

うしろから女房らしい女があらわれた。文之介に一礼する。

「五日前だったら、杉下《すぎした》さんに行ってたんじゃないの」

あるじが愁眉《しゅうび》をひらいた。

「ええ、女房のいう通りです。あの日は、町内の寄合が杉下っていう料理屋でありました。あの店で、四つすぎまで飲んでいました。そのあとはここに戻ってきましたけど」

文之介たちは杉下に行って、話をきいた。

田崎屋のあるじが五日前、四つ近くまでこの店で飲んでいたことを、店の者はそろって口にした。

どうやら田崎屋のあるじは、酒が入ると気持ちが大きくなってつい放言してしまうだけのようだ。

次に訪れたのは、米問屋を営んでいる森田《もりた》屋という店だ。森田屋のあるじに、新しく畳替えをしたばかりらしい座敷で会った。

「あの、お話というのは」

まだ朝の四つにもならない刻限に町方役人があらわれたことに、さすがに不安の色を隠せずにいる。文之介のうしろに控える勇七にも、気がかりそうな眼差しを落ち着かなげに送っている。

「そんなに案ずることはねえよ。ただ、正直に答えてくれさえすればいい」

文之介は笑顔を見せ、目の前に座るでっぷりと肥えた男を安心させた。

日当たりがいい座敷で、明るい陽射しが入りこんではいる。それでもまだあたたかいというほどではないのに、あるじは手ぬぐいでしきりに顔の汗をぬぐっていた。

文之介は背筋を伸ばした。

「では、きくぞ。とき屋の土岐造を知っているな。おまえさん、土岐造に偽物をつかまされたらしいな。墨絵の掛軸ときいたが」

どうしてそんなことをきかれるのか、あるじは不思議そうにしたが、素直に答えた。

「ええ、おっしゃる通りです。これは室町の世に描かれたとても貴重な逸品です、ほかの誰にも話は持っていっておりませんからお買い求めになるのは今しかございませんよ、と熱心に売りこまれ、根負けするようについ買ってしまったんです」

「値は」

「三十両です。知り合いの好事家《こうずか》に見せたところ一両の価値もないものであるのがわかり、手前はあわててほかの骨董屋にも見てもらったんです」

「結果は同じか」

「はい。手前はすぐに買い戻しを求めましたが、とき屋は応じません。何度も店を訪れ、強硬に申し入れましたが、向こうはそんな価値がないものであるとは存じませんでした、手前もだまされたんです、その一点張りです。結局はあきらめるしかありませんでした。見る目がなかったと悔やむしかありませんでしたね」

「それはいつのことだ」

「二月《ふたつき》ほど前です」

「同業の集まりの席などで、いつか懲《こ》らしめてやる、といっていたそうだな」

森田屋のあるじは目をみはった。

「ええ、はい、そのようなことはいったことはございますが、あの、それがなにか」

いかにも不審そうに文之介を見る。芝居などではないようだ。文之介はそっと振り返り、勇七を見た。勇七の瞳は、嘘はついてないようです、と語っている。

文之介は顔を戻した。

「おまえさん、まだ知らんようだな」

文之介は土岐造の死を伝えた。

「ええっ、まことですか、とき屋さんが」

心底驚いている。呆然《ぼうぜん》と口をあけ、文之介を見つめている。

「いつのことです」

ようやくしぼりだすようにきいてきた。文之介はそれには答えず、別のことを口にした。

「五日前の夜、おまえさん、どこでなにをしていた」

「——お役人は手前をお疑いになってるんですね。いえ、手前はとき屋さんを殺してなどおりませんよ」

「問いに答えてもらおう」

えっという表情になったが、なにを問われていたのかあるじは思いだしたようだ。

「五日前の夜でしたね。ええと……」

あるじは必死に額にしわを寄せ、脂汗をだらだら流しながら考えはじめた。

やがて顔をあげた。安堵《あんど》したように手ぬぐいで汗をふく。

「それでしたら、さっき申しました知り合いの好事家のところにお邪魔しておりました。ええ、全部で五人いたんですが、話が弾《はず》んで、確か九つ近くまで話しこんでましたね」

もはや確認の必要もなさそうに思えたが、文之介は一応、その好事家の住まいと集まっていた者の名をきいた。

森田屋を辞した文之介と勇七は、次々に好事家のもとを訪れ、森田屋のあるじの言に嘘はなかったことを確かめた。

「勇七、土岐造がうらみを買っていた者はこれだけだったか」

「ええ、わかっているのは田崎屋と森田屋の二人だけです」

「そうか」

「土岐造には妾はいなかったんですかね」

「女の関係か。そのあたりは鹿戸さんが調べているはずだ。それに、土岐造が故買に手をだしていたことも女房にただしているはずだ。番所に戻れば、そのあたり、きけるだろう」

「手抜きなくちゃんとやってるんですかね」

勇七の言葉をきいて文之介は笑った。

「大丈夫さ。それなりに力がねえと、町方から番方にまわされちまうからな。桑木さまがそうされねえのは、鹿戸さんのことをそれなりに認めているからだ」

「それなりに、ですか」

「それなりにだ」

文之介たちはその後も調べを進めたが、なにも得るものはなかった。

「見ろ、勇七。今日も夕日が沈んでくぜ」

文之介は腕を組んで眺めた。

「きれいですねえ」

「勇七、おめえは人のことを能天気呼ばわりするが、おめえのほうがよっぽど能天気だぜ。なにもつかめねえこんなときに、なかなかそんなこと、口にはできねえよ」

「でも暗く考えたって、いいことなんて一つもありゃしませんよ。いいことばかり考えてれば、きっと道がひらけますって」

勇七が赤く染まった顔を向けてきた。

「いつもの旦那らしく、明日も能天気にがんばっていきましょうや」

三

丈右衛門は手をあげ、小女を呼んだ。

「ご注文ですか」

「うん、盛りを一つ頼む。あと、酒も」

承知いたしました。小女があいたばかりの二枚のせいろとちろりを手に去ってゆく。

丈右衛門は、格子窓からかすかに見えている橋田屋を眺めた。

相変わらず出入りする客は多く、店は繁盛している。

いい歳をしてなにをしているのか。

丈右衛門自身思うが、どうしても我慢がきかない。

じっと見つめていると、かたわらに人が立った気配がした。

はっとして見あげると、お待たせしました、と小女が盛り蕎麦と酒を持ってきた。

「ああ、すまんな」

丈右衛門はもうそんなに食べたくはなかったが、職人が精魂こめて打ったものを無駄にしたくはなく、蕎麦切りをすすりあげた。

食べだしてしまえばそこは好物で、酒との相性も抜群なこともあり、箸は進んだ。あっという間にせいろが空になった。

ちびちびと酒を飲みはじめる。

出てこんかな。

丈右衛門は再び橋田屋に目を向けた。

期待は大きかったが、さすがにそううまくゆくものではなかった。

それに、出てきたところでなにをするというのか。

挨拶でもするのか。挨拶をすれば、お知佳はなかに入れるだろう。そこに甚六もやってきて話に加わる。

そんなことはできない。二度も訪問すれば、甚六に心をきっと見透《みす》かされるだろう。いや、もう見透かされているかもしれない。

甚六にはそういう得体の知れなさがある。

やつは何者なのか。

調べてみようか、という気にもなったが、こちらが町役人やこの町を縄張にしている岡っ引を相手にこそこそやっているのを、甚六はきっとさとるだろう。そういう目ざともあの男にはある。

丈右衛門は腕を組んだ。

少し体が揺れる感じがする。それがなんなのか、最初は気がつかなかった。酔っているのだ。

そうとわかって丈右衛門は暗澹《あんたん》たるものを覚えた。たったこれだけの酒で酔ってしまうなんて。

昔はそんなことはなかった。衰えを感じた。確実に忍び寄ってきている老いというものに、怖れに似た感情を抱いた。

丈右衛門はその思いを振り払うように杯の酒を干し、さらに続けざまに飲んでちろりを空にした。

もう一度橋田屋を見つめ、そこにお知佳がいないことを見て取った。

意外にも夕闇らしいものがすでに町なかに立ちこめはじめていることに驚いた。

いったいなにをしているんだ。

橋田屋の斜向《はすむ》かいに建つこの蕎麦屋に入り、二刻近くになるのだ。自分としてはまだ一刻にも満たないと思っていた。

丈右衛門は立ちあがり、勘定をすませた。

「長居して悪かったな」

ありがとうございました。頭を下げる小女にそういい置いて、暖簾を払う。屋敷のほうに道を取ろうとして立ちどまり、振り返る。

橋田屋の前にはまだ夕暮れの名残《なごり》のような明るさがあるが、さすがに客足は鈍くなっている。

橋田屋の一日が終わろうとしている。むろん、店の者たちは今日の売上の計算や明日の支度などまだまだ忙しいのだろうが、とにかく店としての役目は終わりだった。

夕食の支度など、お知佳もきっと忙しく立ち働いているのだろう。

丈右衛門は、あの長屋で食べさせてもらった食事をなつかしく思い起こした。

もうあの味を二度と食することもない。

寂しさを感じつつ、丈右衛門は足を踏みだした。

まっすぐ屋敷に帰る気にならなかった。

このあたりにいい飲み屋があったかな。

頭をめぐらせたが、思い浮かばなかった。

それに、橋田屋のこんな近くで飲んでいて、もし万が一、甚六にでも見られるようなことになったら。

丈右衛門は急用でも思いだしたように足をはやめた。

船松町《ふなまつちょう》二丁目にある、江木《えぎ》という煮売り酒屋に入った。

「あれ、御牧の旦那、ずいぶんお久しぶりですねえ」

厨房《ちゅうぼう》のほうから声をかけてきたのは、この店のあるじの輪造《りんぞう》だ。

「息子さんのほうはよくお見えになってるんですよ」

「えっ、そうなのか」

丈右衛門はあわててなかを見まわした。お知佳への思いを引きずっているような今の姿を、文之介には見せたくない。

「今晩は見えてませんよ」

輪造のその言葉に、丈右衛門はほっと息をついた。

「よくいらしてくださいましたね」

あるじ自ら座敷の窓際に案内してくれた。

丈右衛門は腰をおろした。あらためてまわりを見渡す。さして広くはない店内に、ぽつりぽつりと二、三人のかたまりが三つばかりあるだけだ。

「今日はこんでないな」

「ええ、どういう加減かたまにこういう日があるんですよ」

丈右衛門は店主を見た。

「酒を頼む。肴《さかな》は適当に見つくろって持ってきてくれ」

「わかりました」

いろいろと話したそうだったが、輪造が一礼してきびすを返した。

やがて酒を持ってきたのは、かわいい顔をした小女だった。

お待ちどおさまです。ていねいにいい、酒と漬物、こんにゃくを煮たものを置いた。

「いつからここに」

丈右衛門はたずねた。

「一年ほど前です」

「輪造にはよくしてもらっているか」

「はい、とても」

「そうか。おまえさんみたいなかわいい娘、よくしてなかったら殴ってやるところだったが。名は」

「ゆい、といいます」

「おゆいちゃんか。よろしくな」

こちらこそよろしくお願いします。おゆいはうれしそうに笑った。

「旦那、その子はお多実《たみ》ちゃんの娘っ子ですよ」

厨房から顔をのぞかせた輪造がいう。

「えっ。ああ、そうなのか」

丈右衛門はまじまじと見つめた。お多実の面影は確かに感じられる。

「おっかさんは元気か」

「ええ、とても。ちょっと足を悪くして歩くのは大儀そうなんですけど。——あの、御牧さまですよね」

「そうだ」

「文之介さまって、本当に息子さんなんですか」

「ああ、本当だ。せがれがどうかしたか」

「いえ、あの、あまりに雰囲気がちがうものですから」

丈右衛門はにやりと笑った。

「なるほど、あいつに尻でもさわられているんだろう。あいつはまだ若いからな、やり方が露骨すぎるんだよ」

おゆいに代わって輪造がそばにやってきた。ぺたりと正座する。

「しかしよくいらしてくださいましたねえ」

「そんなにいわんでくれ。無沙汰を責められるようでつらいぞ」

「いえ、責めるなんてそんな」

輪造がしみじみとした目を向けてくる。

「はじめて旦那がいらしてくれたのは、もう三十年以上も前になりますか」

「そうだな。この店ができて、まだ間もない頃だった」

新しい木々の香りがそこかしこからするこの煮売り酒屋に、商家や富裕な町人の家に押し入っては金を奪ってゆく一味らしい者たちが飲んでいるという知らせが、丈右衛門のもとにもたらされたのは風がずいぶん冷たくなった十月半ばのことだった。

鍋《なべ》を囲んでいるというのだ。人数は五名、いずれも凶悪そうな顔をしているが、のんびりと酒を酌《く》んでいるとのことだった。知らせてきたのは店の主人。

押しこみは金を奪うだけでなく顔を見た者は容赦なく殺す、という凶悪な者たちだったが、唯一、一人の顔を見た者が重傷を負いながらも生き残ることができた。

その者の話からつくられた人相書が市中に配られ、それにそっくりな男がまじった一団が入ってきたことに驚いた店主が小女を自身番に走らせたのだ。

それで一気に丈右衛門たちが踏みこんだわけではなかった。まず、まちがいなく押しこみの一団か確かめねばならなかったし、それ以上に店には大勢の客がいて、巻き添えにされる怖れが十分にあったからだ。

窓から男たちを見て、紛れもなく賊どもだと確信した丈右衛門は小女を通じ店主に頼みごとをしたのだ。

厨房を出た輪造は客全員に、こういったのだった。

「お客さま、手前もこの店をはじめてちょうど三月たちました。新参者がなんとかやってこられたのは、皆さまのおかげです。その感謝の気持ちをこめて、今夜はすべてただにします。思う存分食べて、飲んでください」

客たちは歓声をあげ、先を争って注文をはじめた。賊どもも例外ではなく、いじきたなく続けざまにいろいろと頼んできた。

夜が更け、店にある酒すべてが飲み尽くされるのでは、と思えた頃、ほとんどの客たちは泥酔した。

賊たちも同様だった。うち二人は居眠りをはじめていた。

それを見逃さずに丈右衛門たちは襲いかかり、難なくとらえたのだ。

「あのときはよくやってくれたな。おまえさんの冷静さがなかったら、ああはうまくいかなかっただろう」

「いやあ、そんなにほめられることではないですよ。それにしても、あのときは本当にびっくりしました」

「そりゃ、押しこみが飲みに来れば驚くさ」

「いえ、そうじゃないんですよ」

輪造が笑って否定する。

「旦那がおっしゃったことですよ。まさか、すべてをただにしろなんていわれるなんて。それじゃ、賊どもが居続けるだけじゃないか、ってあっしは思いましたし。本気で腹が立ちましたけど、いやきっとこれはなにか考えがあるんだろうって、あっしはしたがうことにしましたよ」

「よくやってくれた。客を巻きこみたくなかったというのもあるが、できたばかりの店をめちゃくちゃにさせたくもなかったからな。それにすべてただにしたといっても、あのあとお奉行から褒美が出たんだよな」

「ええ、けっこういただきましたよ。それだけで儲《もう》けが出るくらいでした。それ以上に捕物があった店ってんで評判になって、しばらくのあいだは客が押し寄せるくらいになりましたし」

「あの、おじさん」

いつの間にかそばに寄ってきていたおゆいが輪造にいう。

「御牧さまのお言葉を、おじさんに伝えたのがおっかさんなの」

「そうだ。自身番に走ってくれたのも」

「ふーん、そんなことあったの。おっかさん、話してくれたことないわ」

「そりゃ、怖かったからさ。思いだしたくないんだろう」

輪造の言葉にうなずいて、丈右衛門はおゆいに語りかけた。

「自身番に走るのだって、もし気づかれたらと思うし、そこにいるのが凶悪な連中とわかっていて注文を受けなければならなかったんだし。少しでも正体を知っているようなそぶりをしたら最後、というのもわかっていただろうしな」

丈右衛門は苦い顔で酒を飲んだ。

「わしもずいぶん無理を強いたものだ。今だったら決してやらんな。わしも若かったということだ」

四

「昨夜《ゆうべ》のことを覚えてらっしゃいますか」

文之介はただした。

いや、と丈右衛門が首を振って答えた。かすかに顔をしかめたのは、ふつか酔い気味で頭が痛いからだろう。

「わしはどうやって帰ってきた」

江木の輪造と店で働いている若い者が連れてきた。式台《しきだい》からは文之介がおぶった。

「いったいなにゆえあんなに酔ったのです」

あんな父を見たのは母を失って以来ではないか。いや、母が死んだときもあんなに乱れなかった。

「女ですか」

丈右衛門は平然としている。

「そんなことはない。それよりもおまえ、あの手習師匠とはどうするんだ。お春のことはあきらめるのか」

「どうして話をそらすんです」

文之介は苛立ちを隠さなかった。

「送ってきた輪造の話だと、それまでいろんな思い出話で盛りあがっていたのに、急に黙りこくるや水のように酒を飲みはじめたということですが」

「そんなことはどうでもよかろう。さっさとお師匠さんとのことを答えろ」

文之介は唇を嚙《か》み締めた。

「この前も申しあげましたけど、あの師匠とはなんでもありませんよ。あの師匠は、勇七のことが気になるみたいですし。いや、すでに惚れてるといっていいでしょう」

丈右衛門が歯を見せて笑う。

「勇七がうらやましそうだな」

「そんなことはありませんよ」

文之介はいいきり、父をじっと見た。

「どうしてあんなに酔ったのです」

「わしだって酔っちまうときはあるさ。歳だからな、弱くなった」

どう問いつめようとも本音を口にする気配はなかった。仕方なく文之介は出仕した。

上役の又兵衛に今日の指示を仰いでから、表門のところで勇七と会った。

文之介は黙っていられず、勇七に父の泥酔のことを話した。

「へえ、ご隠居がそんなに。珍しいですね」

「だろ。よっぽどのことがなきゃ、あの親父が酒に飲まれることなんてねえはずなんだ」

「でしょうねえ」

「親父、あの様子じゃ昨日もお知佳さんのところへ行ってるぞ」

「ええっ、そうなんですか。じゃあ、忘れられないってことですね」

勇七がふふ、と声をだして笑った。

「なんだ、なにがおかしい」

「いや、ご隠居も人だったんだなあ、と思ったらほっとしちまってつい……」

「笑いごっちゃねえぞ。だいたい相手は人の女房なんだからな。もし寝取るなんてことしたらどうなる」

「まさか、そこまではいくらなんでも」

「いや、あんなに酔っ払うなんてその思いを紛らわせるためじゃねえかって思える」

「でも、酒に走ってる分にはかまわないんじゃないですか」

「酒でごまかしきれなくなったらどうする」

「いくらなんでも、ご隠居がそこまでするとは思えないんですけどねえ」

「老いらくの恋ってのは怖いらしいからな。でも、俺たちとたいして歳がちがわない娘みたいな女に惚れるなんて、なんか親父らしくねえよな」

「そんなことはないですよ。人を好きになるっていうのはとても大事なことですから、歳なんか関係ありませんよ」

勇七が目の前にお克がいるように瞳をきらきらさせている。

「あとで行ってみるか」

「お克さんのところですか」

「お知佳さんのところだよ」

「なんだ、そうですか」

勇七はあからさまに落胆の色を見せた。

「でも、まずいんじゃないですか。土岐造殺しの探索はどうするんです」

「そっちも進めるよ。でもおめえだってちょっとは顔、見てえだろ」

「そりゃそうですね。ご隠居をそんなにしちまう女ですから興は惹かれます」

文之介と勇七は道を歩きだした。

「ああ、そうだ。勇七、鹿戸さんの調べたことを教えておこう」

土岐造に妾はいたが、下手人につながりそうなことはなに一つ知らなかった。土岐造の女房のおたけは故買に関してはもしかすると、とは思っていたが、実際にやっているとはまったく知らなかった。

「あの女房が本当に知らなかったとは考えにくいんですけどねえ」

「仮に知っていたとしても、もしうらみを持っているような男がいれば、俺たちに話してたさ。勇七、心配するな、大丈夫さ。いくら鹿戸さんでも、その程度のききこみをしくじりはしねえよ」

文之介は笑いかけた。

「そのあたりの腕は確かだ」

「でもこれまでのやり方を見てると、とてもそうは思えないんですけど」

「まあ、そんなにいうな。今は目の前の仕事に集中しようぜ」

勇七が感心したように首を振る。

「いやあ、本当にいうことがまともになってきましたね」

文之介は、勇七の横を通りすぎてゆく娘に目を奪われた。ふらふらと風に吹かれた蝶々《ちょうちょう》のような足取りでついてゆこうとする。

「ちょっと旦那、どこ行くんです」

勇七があわてて呼びとめる。文之介は立ちどまり、我に返った表情をした。

「いや、きれいな娘だったもんでつい」

「ほめるとすぐこれだもんな」

その後、文之介と勇七は、土岐造が殺されたあばら屋のある柳島村のききこみをあらためて行った。

しかし夜ともなれば人けがないのははっきりしている寂しい場所で、ここに土岐造が連れこまれたところを見たような者や、この家から発せられたはずの叫び声を耳にしている者など一人もいなかった。

西隣の亀戸町にも行き、町人たちから話をきいた。しかしつかめたことはなかった。

そうこうしているうちに、またも日が傾いてきた。

「ちっきしょう、一日ははええな。あと半刻で日暮れだぜ」

「どうします。まだききこみを続けますか」

勇七にきかれて文之介はまわりを見渡した。

「だめだ、このあたりじゃあなにも得られねえな」

「では、あの沢之助とかいうやくざ者のところに行きますか」

「どうしてだ」

「だって旦那、あの親分を怪しいって思ってるんですよね」

「よくわかるな。勇七、沢之助の妾だが、本当のことをいっていると思ったか」

「ええ、嘘はついてないように感じましたけど、でも女はわからないですから」

「そうなんだよな。俺たちはまだ嘘を見抜けるほど経験を重ねちゃいねえからな、そのあたりがつれえところだ」

「ご隠居に出張《でば》ってもらったらいかがです」

「以前の親父ならともかく、人の女房に心を奪われてる今の親父じゃ無理だな」

「そうかもしれませんねえ」

いつもは丈右衛門の肩を持つ勇七も残念そうに口にした。

「どうします。沢之助のところに行ってみますか」

「いや、もうちっとほとぼりを冷ましてえ。野郎が俺たちのことを忘れた頃に行ってみるってのがいい気がするな」

「ぼろをだしますかね」

「わからんが、今のところは打つ手がねえ」

「では、帰りますか。それとも飛びの三吉のほうの調べをしますか」

「そうか、飛びの三吉のこともあったな。すっかり忘れてたぜ。――忘れてるっていやあ、一つあったな」

勇七は、えっという顔をしたが、すぐに合点のいった表情になった。

「そうでしたね。行きますか」

「もちろんだ。いや、ここでいうなら、あたぼうよ、かな」

文之介は勇七をしたがえて歩きだした。

「おい勇七、あたぼうって元はなにか知っているか」

「元はなにかってなんです。意味がわかりませんよ」

「あたぼうって、二つの言葉を縮めていってんだよ。その二つがなにかわかるか、きいてんだ」

「さあ、知りませんねえ」

「当たり前だ、べらぼうめ、だよ」

「えっ、そうなんですか」

「相変わらずものを知らねえ男だ」

「そういうどうでもいいことはよく知ってんだよな」

「なんだ、勇七、なにぶつぶついってんだ」

「いえ、なんでもありませんよ」

橋田屋は店をしまおうとしているところだったが、至るところに灯《とも》された灯りが、広い通りを明るく染めあげている。

「内証は豊かそうだな」

文之介は独りごちて足を踏みだした。暖簾を払う。勇七が続く。

奥の間でお知佳に会った。

「忙しいところをすまんな。どうしているか、様子を見に来たんだ」

文之介はにこやかに告げた。

「俺のことを覚えてるかい」

「もちろんでございます。丈右衛門さまの息子さんですし、お勢《せい》を助けだしていただいた恩人のお顔を忘れるはずがございません。よくいらしてくださいました。こちらからお礼を申しあげにもまいらず、ご無礼をいたしました」

「そんなのはどうでもいいさ」

なるほどな、とお知佳を目の前にして文之介は思った。きれいな女だ。歳を忘れて父が夢中になってしまうのも、無理からぬことのように感じられた。

「娘さんは元気かい」

「ええ、いつも寝てばかりですけど」

文之介はうなずいた。

「でも、元気そうでよかったよ」

その言葉に背後の勇七が同意したのが気配で読み取れた。

「お気づかい、ありがとうございます」

お知佳が深々と頭を下げる。

「どうぞ、お召しあがりください」

文之介は湯飲みを手にした。勇七にも飲むよういった。

甘みとこくの強い茶を一気に干す。

お知佳が口許に手を当て、笑った。あれ、と文之介は思った。その仕草が母親にそっくりだった。これに親父は惚れたのか。

「なにがおかしい」

「いえ、文之介さまは猫舌ではないんだな、と思いましたら、つい。すみません」

「親父はいい歳してるのに、いつまでも治りやがらねえんだ」

「猫舌は生まれつきですから、治りようがございませんよ」

お知佳がおかしそうにいったとき、右手の襖の向こうに人が立ったのを文之介はさとった。すっと目をやる。

文之介の眼差しを察したかのように、失礼いたします、とややしわがれた声がし、襖があいた。軽く肩を揺すった男が敷居際で頭を下げ、膝で前に進んできた。

「甚六と申します。どうぞ、よろしくお願いいたします」

この男が旦那かい。文之介はじっくりと見た。うしろで勇七も同じようにしている。

「あの、どうかされましたか」

甚六の声には戸惑ったようなところがあるが、瞳には一切そんな思いは浮かんでいない。むしろ、冷ややかさがあるように文之介には思えた。

ふむ、いかにも一癖も二癖もありそうな男だぜ。

父がお知佳から心が離れないのは、あるいはこの男の存在ゆえかもしれない。この男のそばにお知佳を置いておいたら、どうなってしまうかわからない、といった危惧《きぐ》があるのではないか。

文之介にそう思わせるほど、甚六という男はただ者でないといった雰囲気をあたりに散らしている。

文之介は首をかしげた。

「前に会ったこと、あったかな」

「いえ、こたびが初対面だと思いますが」

「そうだよな」

しかしどこかで会ったことがある気がしてならない。どこでだったか。ひっぱたくような思いで頭を探ったが思いだせなかった。

身じろぎして、甚六を見つめ直す。

「おめえさん、なまりがあるな。もしかして陸奥の出か」

「ええ、さようです」

「陸奥のどこだい」

だが、甚六はいおうとしなかった。

「なぜいえん」

むずかしい顔で甚六が理由を語った。

「ふーん、いいことがなかったから思いだしたくねえか。もっともらしいが、それじゃいえねえ理由にはならねえよな」

しかし、このところ陸奥なまりの者ばかりに立て続けに会っている。たまたまだろうか。

「おめえさん、家人は。お知佳さんのことじゃねえぞ。親兄弟だっているんだろ。陸奥に残してきたのか」

「みんな、死に絶えました」

「死に絶えただと。尋常じゃねえな。なにがあった」

「飢饉ですよ。餓え死にしたんです」

文之介も、飢饉の悲惨さは耳にしたことがある。勇七が息をのんだ気配が伝わる。

横のお知佳はもうとうにきかされているようで、顔色を変えることはない。ただ、さすがにうつむき加減だ。

「そりゃたいへんだったな」

文之介がいうと、甚六が目を光らせた。

「簡単にいわれますが、江戸のお人にはなにがたいへんだったかなんて、永久にわかりませんよ」

甚六の瞳には、経験した者だけが持つぎらつきが感じられた。

「邪魔したな」

文之介は立ちあがった。勇七も続く。

文之介はお知佳に礼をいった。

「お茶をご馳走さん。また来るよ」

五

じき日暮れである。誰もが、冷たく吹きはじめた風と歩調を合わせるかのように急ぎ足だ。

それは大人だけではない。日が沈んでゆくのを忘れて、遊びに夢中になっていた子供たちも同じだ。いくつかの小さな影が小気味いい足音を響かせて走ってゆく。

沢之助は目当ての子供を見つけた。ほっかむりをし直し、そっと暗い路地を出る。

子供は仲間たちと一緒だ。沢之助はうしろに張りつき、のんびりとついていった。

やがて子供たちは、さよなら、また明日、といい合って一人二人と離れてゆき、目当ての子供は一人になった。

子供の家まであと半町。かすんだような灯りが路上に落ちているのが見える。

子供が空腹でも覚えたか、走りだそうとした。そのうしろ姿に、沢之助は声をかけた。

「進吉《しんきち》ちゃんかい」

子供が驚いたように振り返り、すっかり濃くなった闇を見透かす。

「おじちゃん、誰」

「なんだ、忘れちまったか。おとっつあんの友達だよ。前に紹介してもらったんだけど、覚えはないかい」

進吉が首を振る。家のほうを気にした。

「おとっつあんは進五郎さんだよね。今、おっかさんも一緒に食事をしているんだよ。それであっしが進吉ちゃんを呼んできてくれるように頼まれたんだ。天麩羅だよ。確か大好きだったよね」

進吉が顔を輝かせる。

「うん、大好き。本当におとっつあんとおっかさん、天麩羅食べてるの」

「ああ、そこの天中《てんしん》だよ。食べたこと、あるよね」

「うん、何度も」

「じゃあ、行こうか」

沢之助は手を差しのべた。進吉は一瞬ためらったが、すぐに握ってきた。手を引いて歩きだす。やわらかだが、冷たい手のひらだ。

「寒くはないかい」

「少し」

見あげてきた瞳が、せがれのそれに重なった。一瞬、せがれがよみがえったような錯覚に沢之助はおちいった。

目をごしごしやって正気を取り戻す。

「どうしたの」

進吉が邪気のない口調できく。

「いや、ちょっとふらついたんだ。おじさんもおなかが空きすぎたみたいだ」

しばらく人けの少なくなった道を歩き、沢之助はせまい路地に入った。

「あれ、おじさん、道がちがうよ」

進吉が意外そうにいう。

「いや、こっちでいいんだ。近道だよ」

「近道って、天申はすぐそこなのに」

目をひきつらせた進吉が手を振りほどこうとする。だが、子供の力では知れている。

沢之助はすばやく両側を見渡した。人はいない。

沢之助は進吉の腹に拳を突き入れた。

進吉はぐったりとなり、腕のなかに倒れこんできた。

路地に人が入ってきた。はっとしたが、沢之助はなに食わぬ顔で進吉を背負いあげた。

「ほら、まだ寝ちゃ駄目だよ。夜、眠れなくなるよ」

やさしくももを叩き、歩きはじめる。すれちがった男は小さく笑みを見せて行きすぎていった。

もう灯りなしでは歩けない。進吉をおぶったまま懐から小田原《おだわら》提灯を取りだし、火を入れた。ほっかむりをし直す。進吉の顔をのぞきこみ、気を失ったままなのを確かめた。

やがて着いたのは、亀戸村の田んぼ脇に建つ一軒家だ。この前、土岐造を殺害したあばら屋とは三町ほどしか離れていない。

いつかこういうときがやってくるであろうという予測のもとにずっと前から借りていた家で、あのあばら屋のことも、この家の近くを歩きまわったときに知ったのだ。

夜の腕にがっちりと抱えこまれて、付近には灯り一つ見えない。北には南割下水《みなみわりげすい》をはさんで肥前平戸《ひぜんひらと》一万石の松浦《まつら》家の下屋敷があるが、そちらも建物の影が夜空の手前にうっすらと見えているだけで、灯りらしい灯りは漏れていない。

進吉はまだ気絶している。雨戸が締めきられた奥の間に行き、沢之助は行灯をつけた。押入から湿った布団をだし、進吉を寝かせた。かたく猿ぐつわをし、その小さな体を海苔《のり》巻きのように布団で包みこむ。あらかじめ用意しておいた三本の縄で、胸、腹、足に当たるところを布団ごとがっちりと縛りあげた。

進吉が目を覚ましても身動き一つできないのを確認して、沢之助は立ちあがった。行灯を手に隣の間に移る。行灯を文机の横に置き、沢之助は腰をおろした。文をしたためる。短い文面にすぎず、すぐに書きあげた。しっかりと封をし、懐にしまい入れる。

息を一つ吐いて立ちあがり、行灯を消した。外に出る。

相変わらずあたりには人の気配はなく、そして真っ暗だ。風は息をするのを忘れたかのようになく、妙に生あたたかな大気が這うように漂っている。

沢之助は影だけが見えている家を振り返った。

この家のことは、子分たちも妾のおまんも知らない。買ったのはもう八年も前だ。周旋をしてくれた口入屋の主人も死に、今はそのときの取引などろくに覚えていないはずのせがれが跡を継いでいる。

ほっかむりをし、火を入れた提灯を手に沢之助は歩きだした。

今、何刻だろうか。まだ五つにはなっていまい。文を届けるにはちとはやい。

沢之助はいったん、子分たちが待つ家に戻った。子分たちが、お帰りなさい、と声をそろえる。

ときを見て、家を出る。何人かが供につきたがったが、沢之助は黙って首を振った。それで子分どもは押し黙った。

沢之助は一人、道を黙々と進んだ。やがて見澤屋のある南新堀一丁目に入った。

自身番の戸はあけられており、町役人らしい初老の男が一人、机でなにか書き物をしていた。

近くを人影がときおり走り抜けてゆく。進吉ちゃーん、と大声で呼んでいるのを見ると、どうやら見澤屋の奉公人たちが進吉の姿を求めて捜しまわっているようだ。

用心しつつ自身番に近づいた沢之助は、あたりに人けがないのを見計らい、土間に向かって文を投げ入れた。

気配を感じたらしい町役人が顔をあげたのが知れたが、そのときはもううしろを振り返ることなく歩きだしていた。

煌々《こうこう》と灯りをともした店先に、町役人の蔵兵衛《くらべえ》が駆けこんできた。

「見澤屋さん、こんなものが自身番に。読んでください」

進五郎が受け取ったのは文だ。宛名《あてな》は、見澤屋殿、となっている。

目にしたくないことが書かれているのではないか。あけるのが怖かった。

「あなた、はやく」

女房のおとせにせかされ、進五郎は震える手で封を切った。

『お預かりいたし候《そうろう》』

まずその文字の連なりが目に飛びこんできた。進五郎は息をのみ、嘆声を漏らした。

くそっ、やっぱりかどわかされたのか。

『御番所に届けらるに於《お》いては言語道断、我が本意にあらざると雖《いえど》も、御命頂戴仕《ちょうだいつかまつ》り候。御分別これあるべきの事、願い奉り候。家内のみにて、相談合候て然《しか》るべく候。後日文を以《もっ》て委細、申し展《の》ぶべく候間、相待たれ候べく候』

進五郎は目を閉じた。手でこめかみをもむ。

「あなた、私にも見せて」

おとせは文をひったくり、食い入るように見つめた。

「どうするの」

顔をあげて進五郎に問う。

「進吉ちゃんのことが書いてあるかね」

真剣な顔で蔵兵衛がきいてきた。進五郎はかぶりを振った。

「なんでもありません。蔵兵衛さん、ご足労をおかけしました」

「えっ、でも見澤屋さん、進吉ちゃんのことなら御番所に届けないと。かどわかされたんじゃないのかい」

いいえ、と進五郎は否定した。

「居どころを知らせてきました。これから引き取りにまいります」

蔵兵衛は明らかに信じていない顔だ。

「ですので、御番所に届けるようなことはされませんようにお願いします」

「本当にいいのかい」

「ええ、けっこうです。お引き取りください。ありがとうございました」

蔵兵衛はしぶしぶという顔で、暗い道を戻ってゆく。

「どうするの」

あらためておとせがきいてくる。

「待つしかあるまい。いうことをきいていれば、進吉の命を取る気はないようだし」

「この文を信じるの。進吉をかどわかした誰かが書いたこんな文を」

「信じるしかないだろう。ほかにどうすればいいっていうんだっ」

黙りこんだ女房に進五郎は背を向けた。くそっ。どうしてこんなことに。

金目当てか。いや、ちがうのか。進五郎は背中にひやりとしたものを感じた。日が暮れても進吉が戻ってこないのがわかるや、進五郎はまず手習所に奉公人をやった。

すぐに戻ってきた奉公人の話では、もう帰ったとのことだった。

このときにはまだ進五郎は、ほとんどなんの心配もしていなかった。友達と遊んでいて、帰りがおそくなるなどしょっちゅうだったからだ。

しかし、いつも一緒にいる友達とはもうとっくにわかれたあとだった。手習所のほかの子供たちの家に遊びに行っているようなこともなかった。

どうしたんだ。

そのときになってようやく、進五郎の心にはなにかあったのでは、という思いが大水のようになだれこんできたのだ。

居ても立ってもいられず、奉公人に進吉を捜させた。自身番にも届け、町内に触れをだしてくれるように頼んだ。

奉行所に届けをだすかそのとき町役人にきかれたが、まだそこまでせずとも、という思いが進五郎にはあった。

そのときの判断は正しかったようだ。

伝吉《でんきち》、と進五郎はそばに居残っている手代を手招いた。

「みんなを呼び戻し、食事にしてくれ。おそくまでご苦労だった」

六

闇のなか、見慣れた天井がうっすらと見えている。酒の入った体を夜具に横たえてだいぶたつが、どうにも寝つけなかった。

奉行所に戻ってすぐ、文之介は父のことを又兵衛に相談している。

「なんだ、あいつ、あのお知佳という女に惚れてるのか」

又兵衛はむずかしい顔でいい、腕を組んだ。

「文之介、飲みに行くか。案ずるな。代はわしが持つ」

連れていかれたのは、以前行ったことのある坪居《つぼい》という煮売り酒屋だった。

「まずは腹を満たすか」

又兵衛は次々に注文し、目の前に置かれた大盆の上は皿で一杯になった。

「ほれ文之介、遠慮せずにやりな」

相変わらず肴も酒もうまく、文之介は満足した。

「どうだ、味は落ちちゃいねえだろ」

杯を傾けつつ、又兵衛が笑う。

「ええ、とてもおいしいです」

「ほれ、もっと飲め」

勧めにしたがい、文之介は杯を干した。

「どうだ、腹は落ち着いたか」

「はい、おかげさまで」

そうか、といって又兵衛は鰺の刺身を箸でつまんだ。咀嚼《そしやく》し、酒を飲んだ。とんと小気味いい音をさせて杯を大盆の上に置く。

「おめえの心配もわかるが、とりあえずは放っておくことだな。あいつだってやっちゃいけねえ境目は心得ている」

又兵衛が笑いかけてきた。

「そうはいわれましても、ってえ面だな。気持ちはわかるが、大丈夫だよ」

「桑木さま、おたずねしたいのですが」

「なんだ」

「母を失って十年、父に女はいなかったのですか」

「いなかったんだろう。少なくとも一つとして浮いた噂はきかなかったな。もてるのに、不思議は不思議だった」

又兵衛が杯を手にする。ちろりを持ちあげた文之介は酌をした。

「あいつはなにしろ一途《いちず》だからな。文之介、おめえ、実緒が生まれる頃のことをきいたことがあるか」

「いえ」

「そうか。あいつ、話してねえのか」

「なにがあったのです」

「なにがあったもなにも、あの野郎、出仕してこねえんだ。仕事より妻のほうが大事とかぬかしてな」

「それは母の身を心配して、ということですよね」

「そうだ。実緒が生まれて四日目にようやく出てきたんだよ。結局、七日続けて休みやがった」

「そんなことが許されるのですか」

又兵衛は、当時を思いだしたような笑みを頰に浮かべた。

「あいつの場合、それまでの働きがとにかくすごかったからな、お咎《とが》めはなしだ。実際、そのときは丈右衛門の手を煩《わずら》わせるようなむずかしい事件もなかったし。まあ、大目に見てやれ、という空気になったのさ。むしろ、無事に子供が生まれたことを誰もが喜んだものだ」

又兵衛はたくあんを指でつまみ、ぼりぼりとやった。

「文之介、だからやつにとってみれば、十年ぶりの恋だ。こいつも大目に見てやれ」

わかりました、と文之介は答えた。

「それがしが生まれるとき、父はどうだったのです。休んだのですか」

「おまえは早産でな。取りあげ婆《ばばあ》の見立てより、半月以上もはやかったんで休むようなことはなかったな。あっさり生まれたんだ」

そうですか。仕方ないとはいえ、扱いが姉とちがうような気がしてならない。

「そんな残念そうな顔をするな」

「はあ。でも桑木さまはどうなのです」

「どうって」

「お子さんが生まれたとき、つとめを休んだのですか」

「わしが休めるわけがなかろう」

「そうでしょうね」

文之介は手酌で杯を満たし、くいっと飲んだ。真剣な目を上役に当てる。

「お妾は」

同時に杯を傾けていた又兵衛が、ぶっと酒を噴きだす。それが文之介の顔にまともにかかった。

「だからわしには夢がある、といっておるだろうが。妾などに金はかけられんのだ」

「どんな夢です」

手ぬぐいで顔をふき、なにもなかった表情で文之介は問うた。

「秘密だ」

文之介は別のことをきいた。

「父と母のなれそめをご存じですか」

「なんだ、そいつもきかせてもらってないのか」

又兵衛の口から紡がれる言葉に、文之介は耳を傾けた。

「はあ、そんなことがあったのですか。母上は近所のばあさんの犬の死を悼《いた》み、そして独りぼっちになってしまったばあさんを哀れに思って泣いてたのですか」

「そういうことだ。もっとも、そこへ通りかかったのはわしだったんだ。わしは、あいつが佐和《さわ》どのを泣かせていると早合点した。それで、二人はそういう仲だったのか、とまわりにしゃべりちらかしたのが縁談が進むきっかけとなったのさ。だから、二人を結びつけたのはこのわしといっても過言ではない」

自慢げにいった又兵衛の顔が、目の前に浮かんできた。

文之介は目を閉じた。眠れそうになかったが、母の顔を思いだしていたら、そのあたたかな胸に包まれたように気持ちが安らかになった。

いつしか文之介は寝息を立てはじめていた。

七

「そりゃまちがいないか」

勢いこんで文之介はただした。

「まちがいありませんとも」

女将は自信満々に請け合った。

「土岐造さんは月に一度、必ずその宇田川《うだがわ》という料亭に通ってましたよ」

宇田川なら文之介もきいたことがある。とにかく値が張り、庶民と呼ばれる者ではとてもではないが、敷居をまたぐことはできない。

故買までしていた土岐造の稼ぎは悪くはなかったといえるだろうが、それでも月に一度行けるほどの金が毎月入ってきていたとは考えにくい。もっと大店や武家などが繁《しげ》く利用する店だ。

こりゃなにかあるな。文之介は振り返り、目で勇七に問いかけた。

勇七は深いうなずきを返してきた。

ありがとう。文之介は土岐造がなじみにしていた飲み屋の女将に礼をいった。

本所茅場《かやば》町一丁目にある宇田川は、老舗《しにせ》といった風情を押しつけるのではなく、そこはかとなく醸しだしている料理屋だった。濡れたような黒塀に囲まれた建物はしっとりしており、いかにも雨が似合いそうだ。

「一度くらい、こんなところで食ってみてえもんだな、勇七」

文之介は光沢のある石畳を進みながら、口にした。

「食べに来られないってことはないんじゃないですか」

「無理だよ、俺がどれだけもらってると思ってんだ」

「お克さんですよ」

なに。文之介は足をとめた。

「お克に連れてきてもらえっていうのか。そんなこと、できるわけねえだろうが」

「いいじゃないですか。食事をするって約束はまだ生きてるんですから」

「おめえはいいのか、こんなとこに俺とお克が二人で入っても」

「最近の旦那を見てると、どうやらまちがいは起こさないんじゃないか、って思えるものですから」

「信じてくれるのは涙が出るほどありがてえが、昔の俺でも起こさねえよ」

文之介は戸口を入った。勇七が訪《おとな》いを入れる。女中らしい女が廊下に出てきた。

いらっしゃいませ、とやさしげな声でいって正座し、両腕をそろえる。

「しっかし、えらく長え石畳だな。足が疲れちまったよ」

色が白く、目尻にかすかなしわが刻まれている女中はほほえみを浮かべて、文之介を見ている。

「あの、なにかご用でございましょうか」

「おう、御用で来たんだ」

文之介は来意を告げた。

「とき屋さん。はい、確かに月に一度は必ずお顔を見せていらっしゃいました」

女中がはっきりと答えた。

「なんだ、おまえさん、土岐造を受け持ったことがあるのか」

「いえ、私はそういうことはございませんが、お客さまの出入りに関し、つかんでおかなければならないものですから」

文之介は目の前の女を見直した。うしろで勇七もなにかいいたげな気配だ。

「おまえさん、もしや女将か」

はい、と女は頭を下げた。

「せん、と申します。よろしくお願いいたします」

「お願いされてうれしいが、俺たちじゃあ、店先でにおいを嗅がしてもらうのがせいぜいだな」

「いえ、できるだけお安くさせていただきますよ」

「そのお安くが、おまえさんたちと俺たちとではちがうんだよ。石畳を踏んだだけでも金を取られるような気がしてならねえんだ。まあ、その話はいいや。うしろで中間が、なに無駄話してんです、ってにらみつけてやがるから。とにかく口うるせえんだよ、この勇七って野郎は」

「本当に無駄口が多いですよね」

勇七がしびれをきらしたようにいう。

「な、うるせえだろ」

文之介は、おせんと名乗った女将に笑いかけた。

「あの、こんなところではなんですから、おあがりになりますか」

「いや、ここでいい。正直いえば茶の一杯もほしいところだが――」

「すぐにお持ちします」

「いや、そっちもいい。きいたらすぐに出てくから」

文之介は式台に腰かけた。

「土岐造は一人で来ていたのか」

「いえ、いつももう一人のお方と一緒です」

「そいつは誰だい」

「ええ、おなじみのお客さまですが」

さすがに大事な客のことを町方に話すというのは気が進まない様子で、女将の口は重たげだ。

文之介は黙って待った。

「敬之助《けいのすけ》さんといいます。清水《しみず》屋さんの番頭さんです」

「清水屋ってのはなにを商ってるんだ」

「紙問屋とうかがっております」

「大きいのか」

「はい、それはもう。奉公人は二十人ではきかないのではないでしょうか」

「二人の間柄は」

女将は首をかしげた。

「お友達というようにも見えないんですよ。いつも敬之助さんは苦い顔をしていらっしゃいますし」

「きいたことはねえのか」

「お客さまのことに踏みこむわけにはまいりませんから」

だろうな。

「払いは割り勘定か」

「いえ、常に敬之助さんのほうが。敬之助さんは四半刻もたたずに店を出ていってしまい、とき屋さんだけが一人居残って、という形です」

「一人でな。ここには酌婦とか置いてるのか」

滅相もございません、と目を大きくして女将がいった。

「料理とお酒をひたすら楽しむことだけに重きを置いた店ですから」

「なるほど、腕に誇りを持ってんだな。いいことだぜ」

おわかりいただきありがとうございます、というように女将が両手をそろえる。

「土岐造はいつからこの店に」

女将が眉根を寄せ、考えこんだ。

「そうですね、確か半年ほど前からだと思います。庭の木々が色づいていた頃だったように」

そうか、と文之介はいった。

「清水屋ってのはどこにあるんだ」

女将がていねいに道筋を教えてくれた。

ありがとうよ。文之介は宇田川をあとにした。

「土岐造なんですけど、一人でひたすら飲み食いしてて楽しかったんですかね」

勇七がうしろから不思議そうにきいてきた。

「酒も料理も相当うめえだろうからな、それなりに楽しかったんじゃねえか。それに人のおごりなら最高だろう」

「その敬之助っていう番頭は、なんで土岐造の勘定を持ってたんですかね」

「それをこれからききに行くんだ」

「もう見当はついてるんですよね」

「あたぼうよ」

清水屋は宇田川から西へ竪川沿いを六町ほど行った、本所徳右衛門町一丁目にあった。

なるほど、大店だけあって店の前でも多くの荷が大八車に積まれている。この分なら、店の背後の竪川沿いに設けられた河岸《かし》にも多くの舟がつけられ、荷の積み卸しが行われているのだろう。

店の前には何人かの手代らしい者がいて、荷と帳面との照らし合わせをしている。

文之介はそのうちの一人の肩を叩いた。若い手代は仕事の邪魔をされたことを憤るような顔をしたが、そこに立っているのが定町廻り同心とわかると、驚いたように背筋を伸ばし、殴りつけられたような勢いで頭を下げた。

「ご苦労さまです」

「いや、そんなにかしこまらんでもいい。番頭の敬之助はいるか」

「どのようなご用でしょうか」

「それはじかにいう。連れてこい」

文之介はわざと尊大な口調で命じた。畏《おそ》れ入ったように腰をかがめた手代は、穏やかな風に揺れる暖簾を払って姿を消した。

しばらくして、頭がすっかり薄くなり、髷《まげ》もろくに結えなくなっている男をともなって戻ってきた。

「お待たせいたしました。こちらが番頭さんです」

手代はいざこざから逃げるように持ち場に向かった。

「あの、どのようなご用でしょう」

低い声できく。文之介たちの来訪に明らかに迷惑そうな顔をしている。

「なーに、手間は取らせねえよ」

文之介は軽くいって、目の前の男を見据えた。

「おめえ、土岐造とはどういう間柄だい」

敬之助が明らかにぎくりとした。息を吸い、顔色をもとに戻す。

「ただの知り合いですよ」

「殺されたのは知ってるか」

「ええ、まあ」

ぶっきらぼうに答えた。そのいい方に勇七がにらみつけたようで、敬之助は少しひるんだ表情を見せた。

「ただの知り合いを、どうして宇田川みてえな目の玉が飛び出るような値の張る料理屋に招いてるんだ」

敬之助がぐっとつまった。

「どうしたい」

「答えたくありません」

「それなら、俺がいってやろうか。おめえ、土岐造に脅されてたんだろ」

うしろに引かれたように敬之助が一歩、二歩と下がった。

「図星みてえだな。種はなんだ」

敬之助がごくりと息をのみ、胸を張った。

「脅されていたなんて、そんなことはありませんよ」

「いや、あるんだよ。土岐造は故買をやっていたような男だ。あんたみたいないかにも気弱そうな男は、好餌《こうじ》以外のなにものでもなかろう。どんな弱みを握られてたんだ」

敬之助は青ざめ、ぶるぶると首を振った。

「いえ、弱みなんて握られちゃいません」

「土岐造が殺されたのがいつか、知っているか」

「ええ、五日前の朝に死骸が見つかったときいてます」

「その前の晩、おめえ、なにしてた」

「ここで仕事をしてましたよ。確か仕入れの数が帳面と合わないのがわかって、おそくまでやっていた晩だと思いますけど」

「おそくまでっていうと、何刻頃だ」

「四つ半はまわっていたんじゃないかと思います」

「それを明かしてくれる者は」

「手代や他の番頭さんです」

調べますか、と勇七が小声でいう。文之介は振り向き、うなずいた。すっと離れていった勇七を、敬之助が不安そうに見つめている。

「そんなに心配するほどのことじゃやねえ」

文之介は顎を一なでした。

「なあ、正直にいっちまえよ。なにを脅されてたんだ」

「いえ、手前はなにも」

「強情だな。ちょっと調べりゃ、わかることなんだぜ。その手間を省かせてくれ」

「いえ、お調べになったところでなにも出てきませんよ。それこそ無駄な手間になるだけです」

「そうかな」

文之介はにっこりと笑いかけた。敬之助は怖い物でも目にしたかのように、頬をひきつらせた。

勇七が戻ってきた。耳元にささやきかけてくる。

「おそくまで仕事をしていたのは確かのようです。日をまちがえているってこともありません」

そうか、ご苦労だった。文之介は勇七をねぎらい、清水屋の番頭に目を向けた。

「おめえが土岐造を殺してねえようなのはわかった。忙しいところ、すまなかったな」

八

「しかし今の番頭もちがうとなると、やはり沢之助ですかね」

文之介のあとについて勇七が話しかけてくる。

「かもな。でも、敬之助のことをちっと調べてえな。どんな手口で脅されてたのか」

調べるのはかまわねえが土岐造の事件と関係ねえことだからな、さっさと終わらせちまえよ。いいか、二日が限度だ。

又兵衛に許しをもらい、文之介と勇七は敬之助のことを洗いはじめた。

敬之助はいっとき水茶屋に通い、そこの女にだいぶ貢いでいたのがすぐに判明した。

その水茶屋は女に春をひさがせているところで、女に溺《おぼ》れた敬之助には借金がかなりあり、その額は二十両にも及んでいた。大店の番頭とはいえ、簡単に返せる額ではない。しかし敬之助はその借金を完済していた。それが去年の秋口のことだ。いったいどこからそれだけの金を得たのか。

「おい勇七、気づいたか」

水茶屋を出て、文之介はいった。

「なにがです」

「敬之助が借金をすべて返したのが去年の秋口ってことだ」

「ええ、そういってましたね。でもそれがどうかしたんですか」

「鈍い頭だな、相変わらず」

「そんなのはいわれなくともわかってますよ。じらさないではやく教えてください」

「料理屋の宇田川に土岐造が来はじめたのはいつだ」

「確か木々が色づいていた頃って——ああ、そうか、ほとんど同じ時期ですね。つまり、土岐造が敬之助の弱みを握り、脅しはじめたのが秋ってことですね」

「そういうこった。あとは土岐造がなにを握ったのかがわかれば、この一件は終わりだ」

文之介は自信満々にいいきった。

「なにを調べます」

「敬之助のまわりを調べるしかねえな」

調べると、すぐに清水屋のあるじ大三《だいぞう》が大の骨董好きであることが知れた。

「だいたいの筋が読めたぞ」

文之介は、清水屋の建物を遠目に眺めつついった。

「どういうことです」

「そりゃ、あるじに会ってみればわかるだろうさ。でも、どうやらあの店から縄つきを一人だしちまうことになりそうだぜ」

文之介は足を踏みだした。清水屋の暖簾の前で足をとめ、勇七を振り返る。

「頼むぜ。目を離すなよ」

「まかしてください」

胸を叩くようにした勇七をそこに残して、文之介は暖簾を払った。

奥の座敷で大三に会う。

大三はふくよかな頰を持つ、いかにも温厚そうな男だった。商家のあるじは商売よりも町内のことに目配り、気配りをするほうが大事といわれるが、目の前に座ったやや猫背の男はいかにも世話好きという雰囲気を色濃くたたえている。

「あの、今日はどのようなご用件で」

しかし、さすがに町方役人の訪れには気がかりの色を面にだしていた。

文之介は安心させるように小さく笑った。それで大三の顔からやや青みが消えた。

「おめえさん、骨董集めが趣味だそうだな。高価な物をえらくたくさん持ってるそうじゃねえか」

「えらくたくさんなんてことはございませんよ。商いに響かない程度でございます」

「おめえさん、目利きには自信があるのか」

「ええ、自信はありますよ」

「とき屋は出入りしていたか」

「ええ、何度か品物をおさめてもらいました。ああ、そうそう、なんでも殺されたそうでございますね。お気の毒なことです」

「まさか、おめえさんが手にかけたなんてことはねえだろうな」

大三がひっと喉の奥で鳴らし、あわてて首を振った。

「まさか、そんな。では、お役人は手前がとき屋さんを殺《あや》めたとお考えになってこちらまでいらしたのですか」

「そうじゃねえ」

すぐさま文之介は否定した。

「おめえさんが人を殺せるかどうか、その程度のことを見抜ける目は持ってるつもりだ」

「はあ、ありがとうございます」

さすがにほっとした顔で頭を下げる。

「おめえさんが集めた物、ちょっと見せてもらえねえか」

「ようございますよ」

大三は気軽に立って、文之介を奥の一室に案内した。

あけられた襖の向こうに広がった光景に、文之介は息をのんだ。

壺や皿が入っているらしい箱や、掛軸らしい巻物などが無造作に積みあげられていたからだ。予期した以上のその数の多さに仰天している。

「これで商売に響かねえのか。よっぽど儲けてやがんな」

「いえ、滅相もない。安物ばかりでございますよ」

「どうして飾らねえんだ」

「手前の場合、そこにあるだけで満足してしまいまして、別に見ようとは思わないんでございますよ」

そういう者の存在を文之介はきいたことがある。ただ、金にあかせて集めることだけが楽しくてならない輩《やから》だ。

「ここにあるのが全部でいくつか、つかんでいるのか」

「それはもう。もし一つでもなくなっていたら、すぐにわかります」

「それはいいとしても、でもこんなに多くちゃあ、なにが高価でなにがそれほどでもないってもうわからんだろ」

「そんなことはございませんよ。どれがいかほどしたか、頭のなかにしっかりとおさまっています」

「商売人の頭か」

文之介は足を踏みだし、一本の掛軸を手にした。

「これはいくらだ」

「二十両でした」

「こいつは」

文之介は、壺でもおさめられているような大きな箱を指さした。

「それは高かったですね、六十五両でした」

値段を口にするのが、いかにもうれしくてならないといった表情だ。

ちらりと右手の襖に目を投げた文之介は、そろそろいってやったほうがいいか、と考えた。唇をそっと湿らせる。

「なにか高価な品で、中身が入れちがっているような物はないか」

大三がどきっとした顔で文之介を見つめる。

「まさかそのようなことが」

「調べたほうがいい。まちがいなく入れちがってるはずだ」

大三が必死に品物をあらためはじめた。

大皿が入っている箱をあけたとき、ああ、と声をあげた。あわてて皿を取りだし、明るいほうにかざす。

「これは全然ちがう。備前《びぜん》は備前だが、出来がまったく……」

呆然と文之介に目を向けてきた。

「どうしておわかりに」

「いろいろ調べたんだ。――その皿、本物はいくらしたんだ」

「は、はい。手前が買い求めた際は、九十五両でした」

「そいつはすげえな。おめえの目利きだと、その手にしてる安物はいくらだ」

「二束三文とは申しませんが、五両もしないのではないか、と」

「それでも五両するのか。――入れ替えたのは番頭の一人だよ」

「ええっ、誰です」

文之介は足を進ませ、襖をさっとひらいた。

そこには、敬之助がすくんだように立っていた。

「この男だ」

「――おまえが。どうして」

敬之助がだっと走りだした。待てっ。大三が追いかけようとした。

「大丈夫だ、放っておけばいい」

神妙にしやがれっ。間近で声がし、どたりと人が畳に倒れこむような音がした。

「つかまえたぜ」

文之介は大三をうながし、座敷を出た。

隣の間で、勇七が敬之助を取り押さえている。

「勇七、ご苦労だった」

勇七が小さく笑みを見せる。

「このくらいなんでもありませんよ」

「よし、縄をかけな」

へい、と答えて勇七が腰から縄を取りだし、敬之助をがっちりと縛りあげる。

「自身番に連れてゆくが、いいな」

大三に確認する。

「えっ、でも。……あの、敬之助はどうしてこんなことを」

「詳しい話はあとだ」

文之介は敬之助を徳右衛門町の自身番に連れていった。つめていた町役人に、番所に使いをだしてくれるよう頼んだ。

「しかしおめえもついてなかったな」

文之介は敬之助にいった。

「土岐造が殺されなきゃ、ばれなかったものを」

「でも、殺されなかったら、ずっと金を払い続けなきゃいけなかったんです」

「毎月何両、払ってたんだ」

「三両です」

敬之助はぽつりとつぶやいた。

「土岐造が死んでくれてほっとしたのはまことですが、やはり天は見逃してはくれないですねえ。女に溺れちまった手前が、すべて悪いんですが」

金に困っていた敬之助は大三のひたすら集めるだけの態度につけこみ、土岐造に備前焼の皿を売り払った。

しかし売り払っただけでは露見するのは見えているので、値は張らないが見た目は同じ物を用意した。

そのことで敬之助は土岐造に脅されていたのだ。土岐造への毎月の支払いのために、もっとほかにも売っているかもしれなかった。

敬之助がすがるような目を向けてくる。

「手前は死罪ですか」

主家から九十五両もの皿を盗んで、借金を返した。まずまちがいなかったが、文之介は答えなかった。

犯罪に心ならずも手を染めてしまった者を一人つかまえた。そして獄門台に送る。あと味がいいとはとてもいえなかった。

九

「いったいなにが望みだ」

進五郎が声を震わせてきく。

「子供は無事なのか。会わせてくれ」

沢之助は腕を組んだまま黙している。

ここは、この前飛びの三吉と会った無住の神社だ。境内を囲む木々にさえぎられて、風は吹きこんでこない。ときおり梟《ふくろう》らしい鳴き声がどこからか届くが、深閑《しんかん》とした静けさを打ち破るほどではない。

梟の声が途絶えたあとは、むしろ、互いの心の臓の音がきこえるくらいの静寂に覆われたような感すらある。

「なぜさらった。無事なのか。教えてくれ」

沈黙に耐えきれなくなった進五郎の声が闇を突き抜ける。

もっとも真の闇ではない。進五郎は提灯を手にしているのだ。

沢之助は一歩、前に出た。

「一人か」

覆面のせいで、声が口になにかつめこんだようにくぐもっている。

「もちろんだ。文のいう通りにした」

「わかった。信じよう」

そうはいったが、進五郎が一人で来たかどうかはすでに確認ずみだ。

「番所には」

「届けていない」

進五郎が言葉を吐きだすのももどかしげな面持ちでいう。

「本当か」

「本当だ。信じてくれ」

沢之助は覆面を震わせて薄く笑った。

「知っている。もし妙な動きがあれば、子供は死んでいた」

進五郎が目をみはる。次いで瞳に、かすかな喜びの色が動いた。

「じゃあ、生きてるんだな。お願いだ、会わせてくれ」

「今は駄目だ」

「どうしてだ」

「俺がどうしてさらったか、それを考えればわかるだろう」

「なにがほしい。金か。金ならほしいだけやる。だから、子供を返してくれ」

「ほしいのは金ではない」

沢之助は冷たくはねのけた。進五郎はひるまない。

「だったらなんだ。なんでもいってくれ。なんでもするから」

やはり正しかったな。提灯の灯に淡く浮かびあがる必死な顔を見て、沢之助は心中でつぶやいた。この男の最も弱いところは、まだ七つの跡取りだ。

沢之助は進五郎を冷ややかに見た。その眼差しを敏感にとらえたのか、進五郎が身ぶりをまじえて叫ぶようにいう。

「あんた、いったい誰なんだ。どうしてこんな真似をする」

「考えろ」

進五郎がはっとする。

「やっぱりそうなのか、あんた」

「どう思う」

進五郎が土下座する。

「なにが望みなんだ。はやくいってくれ。頼む」

今にも泣きだしそうな顔だ。

俺も同じだったよ。その顔を見つめながら沢之助はつぶやいた。

「望みは一つ」

進五郎が一言もきき漏らすまいと面をあげる。

「もう一人の居場所を知りたい」

「なんの話だ」

「とぼけるな」

沢之助が鋭くいうと、進五郎はびくりとかたまった。支えきれない荷でものせられたかのようにがくりと両肩を落とす。提灯が手から離れ、燃えはじめた。

その横顔を、燃え尽きようとしている提灯の最後の火が照らしだした。

進五郎はじっと考えこんでいる。やがて表情に狡猾《こうかつ》そうな陰が刻みこまれた。

すっと顔をあげた。面には決意がほの見えているが、波間に浮き沈む板きれのようにそれは見え隠れした。明らかに迷っている。

沢之助は言葉をかけるような真似はしなかった。どのみち答えは知れている。

唇を嚙み締めた進五郎は顔をゆがめ、低い声で確かめてきた。

「教えれば、子供は助けてくれるのだな」

第三章　お灸《きゅう》の跡

一

眠りが浅くなってきた。

日がのぼってだいぶたつらしく、障子に当たる陽射しはかなり明るいようだ。庭を飛びまわる鳥たちのかしましいさえずりも、耳に遠慮なく飛びこんでくる。

それでも寝床にぐずぐずと横になっているのが気持ちよく、文之介は目を閉じたままでいた。

なにしろ今日は非番なのだ。昨日、敬之助をとらえるという一件があったために、疲れをとるという意味からもこの休みはこの上なくありがたかった。

敬之助を捕縛したあと、文之介は率直な気持ちを又兵衛に話した。

「文之介、罪人をとらえるのに気持ちよさを覚えることなど滅多にないぞ」

又兵衛がかすかに怒気を含んだ顔で告げた。

「極悪人をお縄にしたときなど、爽快《そうかい》な気持ちになるかもしれんが、そんなのはほんの一握りのことでしかない。あとの大多数は出来心や弾み、やるつもりはなかったのに、といったような者ばかりさ。その者たちをとらえるのが俺たちの役目だ。そのことにいちいちうしろめたさを覚えているようだったら、文之介、とっとと役目なんか返上し、隠居しちまえ」

そこまでいわれてすっきりしたのは事実だが、もともと気分を変えるのはさほどうまいほうではない。

文之介は目をぱちっとあけ、よっこらしょっと気合を入れて起きあがった。

台所に行き、釜《かま》の蓋《ふた》をあけた。飯が炊かれていた。

「あれだけお櫃《ひつ》に入れるよういってあるのに、守ったこと、ねえな」

文之介は櫃に飯をつめこみはじめた。飯を茶碗《ちゃわん》に盛り、おかずを捜す。なにもない。水を張った鉄瓶《てつびん》をかまどに置き、火をつけた。たくあんが見つかったので、それをおかずに朝飯を食べはじめた。

もともと白い飯が大好きなので、おかずがなくともいいほうだ。

でもせめて味噌汁くらいはほしいな。

だからといって、自分でつくる気にはならない。できるのは、丈右衛門がつくるのと劣らない出来損ないだ。

父上は出かけているようだな、とたくあんをぼりぼり咀嚼しつつ文之介は思った。まさか、またお知佳さんのところじゃねえだろうな。どうしようもねえな。熱が冷めるまで待つしかないのは確かなのだろう。

櫃を空にし、茶を喫した。苦みが心地よい。うめえな。しみじみと思った。

二杯目の茶を飲み干し、茶碗と皿を洗った。井戸に出て顔を洗い、歯を磨く。

手ぬぐいで顔をふいていると、庭のほうから甲高い声がきこえてきた。

出てみると、仙太たちをはじめとする、いつもの六人の子供たちだった。

「おめえら、非番となると本当によく来やがんな。ほかに遊び相手はいねえのか」

憎まれ口を叩きながらも、文之介は子供たちの誘いがうれしくてならない。

文之介は、ふっと表情をまじめなものに戻した。

「なんだ、みんな、ずいぶん暗い顔してるじゃねえか。どうした」

「座っていい」

仙太が濡縁を指さす。

ああ、と応じると六人がずらりと並んで腰をおろした。

文之介はその横にあぐらをかいた。

「ねえ、文之介の兄ちゃん」

仙太が子供らしくない低い声をだす。

「おいらたち、心配ごとがあるんだよ」

「みたいだな。その心配ごととやらをはやくいえ。そのために来たんだろ」

仙太が唇をなめた。保太郎がはやくというように仙太を見つめる。

仙太がうなずき、話しだした。

進吉という子が手習所に来ない。もう四日になる。心配でしょうがない。

「病じゃねえのか」

「店の人はそういってる」

「店だって。どこの店だ」

見澤屋という瀬戸物屋だという。

「見澤屋だと」

泥棒に入られた店だ。

「知ってるの」

文之介の表情を読み取って、寛助がきく。

「まあな。――見舞いには」

「行ったんだけど、会わせてもらえなかったんだよ」

「風邪かなにかか」

「そうみたい」

文之介は仙太をのぞきこんだ。

「それで、俺にどうしてもらいてえんだ」

「一緒に行って、進吉に会わせてくれるようお願いしてほしいんだよ」

「どうしてだ」

「風邪なんかじゃない気がするんだよ」

仙太がいい募る。

「どうしてそう思う」

五日前の夜、見澤屋の奉公人がこの六人の家に進吉が来ていないか、どこに行ったか知らないか確かめに来ている。お師匠さんのところにも、同じような使いがあった。

「捜しに来たのか。その日、その進吉って子と一緒に遊んでたのか」

「うん。六つ近くまで」

「そのときは元気だったか」

「うん、風邪をひいてるようには全然見えなかった」

そうか。文之介はどういうことなのか、こうべを垂れて考えた。

店の者が捜しに来たということは、進吉の姿が見えなくなったのは事実なのだろう。

「おめえたちのところに見澤屋の者がやってきたのは何刻だ」

「六つ半前くらいだと思う」

仙太の言葉に他の五人がうなずく。

進吉は見つかったのか。もしまだ見つかっていないとしたら、当然、手習所には行けない。その理由を病気にした。

どうしてか。行方《ゆくえ》知れずになった理由をなぜいえないのか。

こういう場合、答えはたいてい一つだ。

子供がかどわかされ、口を封じられているからだ。

もし番所に届ければ子供の命はないぞ。

そういうことなら、進吉の行方知れずは自身番にも届けられていまい。

もっとも、そこまで大袈裟なことではないかもしれない。子供たちの勘ちがいにすぎないのかもしれない。

「わかった」

文之介は快諾し、子供たちとともに南新堀町一丁目にある見澤屋に向かった。

店の少し前で子供たちをとめる。

「おめえたちはここで待ってろ」

「えー、なんで」

「一緒に連れてってよ」

「俺だけのほうが話がしやすいんだよ。それとも横から口だして、話をこんがらがらせるか」

「わかったよ。ここは文之介の兄ちゃんにまかせるよ。そのために来てもらったんだし」

仙太がうなずく。ほかの五人も不服はないようだ。おとなしく待ってろよ。文之介は命じて足を進めた。

見澤屋の暖簾のうちに身をくぐらせる。

寄ってきた手代らしい者に、身分を明かし、あるじに会いたい旨を伝えた。

その声がきこえたかのように、奥の暖簾を払って進五郎が下におりてきた。青ざめた顔をしている。

「あの、どのような御用でございましょう」

「いや、俺は今日非番なんだよ。あんたのところは品ぞろえがいいってきいたから、見に来たんだ」

文之介はずらりと並べられた瀬戸物を眺め渡した。

「それに、まだこそ泥の野郎はつかまえてねえってことも知らせにな」

「はあ、そうですか」

文之介は見据えるようにした。

「どうしてそんなに汗、かいてんだ。春っていってもまだようやく寒さがやわらいできた程度だぜ」

「はあ、すみません」

進五郎が額と頰の汗を手の甲でぬぐった。手についた汗の量に自分で驚く。

文之介は手近の瀬戸物を手に取りかけて、この光景をもし下手人が見たら、確かに子供が危ないことに思い当たった。いくら黒羽織ではないとはいえ、自分の顔が下手人に知られていることは考えられないわけではない。

「本当は、進吉のことで話しに来た」

「えっ」

進五郎は驚愕《きょうがく》の色を顔に刻んだ。

「奥でちょっと話さんか」

文之介はなんでもない口調でいい、草履《ぞうり》を脱いでひょいと上にあがった。

「なにをされるのです」

あわてて進五郎が追いかけてくる。

ここでいいか。文之介はつぶやくようにいって廊下の最初の座敷の襖をひらいた。どうやら来客用の部屋のようだ。

文之介は座りこみ、進五郎を見やった。

「お役人、いったいどういうおつもりなのです」

進五郎が前にまわりこみ、畳に手をつく。

「進吉に会わせてくれ。手習所の仲間が心配してる」

「できません。風邪をひいて臥せっています」

「本当はちがうんじゃねえのか」

文之介が鋭くいうと、進五郎がびくんと顔をあげた。この役人はなにもかも知って来ているんじゃないのか。そんな表情だ。

進五郎は、文之介が次になにをいうのか、息をのむようにして待っている。

「本当に風邪なのか」

進五郎はほっとした顔になった。

「ええ。ちょっとこじらせてしまったんですが、もう快方に向かってます」

「だったら、会わせてくれてもいいんじゃねえのか」

「いえ、それは困ります」

「医者は。かかりつけの医者はいるんだろう。呼んだのか」

「いえ、あの、呼んでません」

「どうしてだ」

「ただの風邪ですから。寝ていれば治ると思いまして」

「こじらせたっていったばかりだぜ。風邪から大病を発して死んじまう人が、それこそあとを絶たんのは知ってるだろう。それになにより大事な跡取りだろうが。手を尽くすのが当然だと思うぜ」

進五郎は黙りこんでいる。

「おい進五郎、進吉は本当はこの家にいねえんじゃねえのか」

進五郎が真っ青になった。

「そ、そんなことはございません。あの、お役人、も、もうお引き取り願えませんか」

懇願するようにいう。

その必死な顔に、文之介は憐《あわ》れみを覚えた。それに、少し追いつめすぎた感もある。

飯用の茶碗を一つ買った文之介は店の外に出た。子供たちの待つところへ急ぐ。進吉がかどわかされたのは、もう動かせない事実だ。

金目当てか。おそらくそうだろう。

「どうだった」

仙太をはじめとして、全部で十二の真摯《しんし》な瞳が文之介を見つめてくる。

「会えたぞ」

文之介はさりげなくいった。

「やっぱり風邪だそうだ。ちょっとこじらせちまったみてえだな。でもじき治るってさ。

あと三、四日で手習所にも来られるってよ。安心しろ」

ああ、そうだったの。よかったあ。子供たちは素直に喜んでいる。その姿を見て、文之介の心はちくりと痛んだ。

「やっぱり文之介の兄ちゃんに頼んでよかったよ」

仙太が笑顔で見あげる。

「文之介の兄ちゃん、心配ごとが一つなくなったところで、これから遊ぼうよ」

保太郎が誘う。

「いや、すまんな。今日はちょっとこれから用があるんだ」

「ええー、そうなの」

「なんだ、つまんないの」

「つき合い悪いよ」

「すまんな。この埋め合わせは必ずするから、今日は勘弁してくれ」

わかったよ。またね。子供たちが去ってゆく。文之介は手を振って見送った。

きびすを返した文之介は近所のききこみを行った。

やはり四日前の夜、見澤屋の者が近所のみならず町中を進吉の姿を求めて捜しまわったという。その後、近所の者で進吉の姿を見た者は一人もいない。

自身番にも寄り、その晩町役人がいつの間にか戸口に置かれていた一通の文を進五郎に届けたことを、文之介は知った。その町役人は、文を読んだ進五郎の顔色が殴りつけられたように一変したのを目の当《ま》たりにしていた。

やはりかどわかされたな。

日暮れがあと半刻ほどまでに迫り、暮色らしい影がちらほらとあたりに漂いはじめたなか、文之介は町奉行所目指して歩きはじめた。

二

「王手をかけますが、よろしいですか」

「わざわざ断る必要なんてねえんだ」

「そうでしたか」

藤蔵がにんまりと笑う。

「ちょっとあまりに楽勝すぎて、つい声をかけたくなってしまったんで」

丈右衛門は盤面から顔をあげた。

「いやみないい方、するやつだぜ。藤蔵、待ったはありだったかな」

藤蔵が笑みを漏らし、湯飲みを持ちあげた。

「待ったは三度まで。旦那はもう使いきられましたよ」

「そうだったかな。五度にしてくれ」

「かまいませんが、でもここからひっくり返すのはどうあがいても無理ですよ」

「やってみなきゃわからんだろうが」

「名同心と謳《うた》われたお方とは思えないお言葉ですねえ。旦那の玉《ぎょく》は、三十人からの捕り手に取り囲まれ、しかも全身におびただしい傷を負っているも同然ですよ。こんな状況で、取り逃がされた下手人はいないでしょう」

「確かにな」

丈右衛門は投了した。

「よし藤蔵、もう一局だ」

藤蔵は手のひらを差しだしている。

「その前に、いただくものをいただきませんと」

ちぇ。丈右衛門は舌打ちし、懐を探った。財布から一朱を取りだす。

「ほら、受け取れ」

ありがとうございます。藤蔵は大事そうに巾着《きんちゃく》にしまい入れた。

二度目の対局も、丈右衛門は負けた。藤蔵は明らかに勝たそうとしてくれているのだが、丈右衛門の頭がうまくまわらないのだ。へまばかり続け、藤蔵が巧妙に用意してくれた好機もみすみす見逃した。

「駄目だ、今日は」

丈右衛門はもう一朱を払い、うしろにひっくり返るようにして寝ころんだ。

「旦那、今日はお気がずいぶん散っているようですね」

「そう見えるか」

「そりゃもう」

藤蔵が断言した。

「いつもの旦那とはまるでちがいますから」

「そうか、そんなにちがうか」

頭に常に浮かべているのは、お知佳だった。

「もしやおなごですか。うまくいっていないのでは」

丈右衛門は上体を起きあがらせた。

「どうしてそう思う」

藤蔵が少しいいにくそうな表情になった。

「どうした。そこまでいったんなら、最後までいっちまったほうが体のためだぞ」

「いえ、ご新造を亡くされたときと同じようなお顔をされてますので」

「そうか」

手に届かなくなったところに行ってしまったという点では同じだな。

丈右衛門はつるりと顔をなでた。茶を飲む。すっかり冷えていた。

「おかわりは」

「そうだな。頼む」

藤蔵が立ち、襖をひらく。奥に向かって、お茶を持ってくるようにいった。

すぐに女中が二つの茶を持ってやってきた。

ありがとう。丈右衛門は受け取り、さっそくすすった。熱くない。

「こりゃありがたい気づかいだな」

藤蔵がうれしそうな笑顔を見せる。

丈右衛門は、床の間にある梅の花の一輪挿しを指さした。

「そりゃ誰が生けたんだ」

「お春ですよ」

「あいつ、花なんかできたか」

「いえ、どういう風の吹きまわしか、いきなり花を習いたいっていいだしたんですよ。つい先日から、生け花の師匠のところに通いはじめたんです」

「いきなりか。不思議だな」

丈右衛門は首をひねったが、すぐにある光景がよみがえってきた。

「そういやあ、この前、屋敷に同じように梅が生けられてたな。実緒が生けたそうだが、お春のやつ、実緒に対抗するつもりなのか」

そこまでいって丈右衛門は、どういうことかわかった気がした。

「その梅を文之介がほめたのかもしれんな」

「なるほど、考えられますね」

「いかにもお春らしいな。やることがわかりやすい。お春の気持ちはそこまでいってんだ。あとは、文之介のお手並み拝見といったところだな」

三

「ほう、それは確かに気になるな」

又兵衛はうなるような声をだした。

「おまえのいう通り、その進吉って子がかどわかされたということは十分に考えられる」

「調べますか」

文之介としては調べたくてならない。仙太たちの友達だ、なんとかしてやりたい気持ちで一杯だ。土岐造殺しなど放っておいて、取りかかりたかった。

「いや、それはまずいな」

又兵衛が月代《さかやき》をぽりぽりとかいた。

「もしかどわかされたとなると、番所の者が見澤屋の内外をうろつくのは得策とはいえん。――よし、手下にそれとなく探らせよう。なにかわかったら教える」

よろしくお願いします、と文之介は頭を下げた。仕方なかった。ここは又兵衛にまかせるしかない。

「残念そうな顔だな。気持ちはわかるが、今我らにできるのはそれぐらいのものだ。その見澤屋のほうからいってこんことには、ほとんどなにもできん。しかし文之介、仕事熱心だな。休みの日は体を休めるよう申しておいたはずだが」

「はあ、そのつもりだったのですが」

どういうことでここまでやってくることになったか、経緯《いきさつ》を文之介は詳しく語った。

「そうか、子供たちがきっかけか」

又兵衛が鼻にしわを寄せて笑った。

「子供には好かれるおまえらしいな」

「なにか険のあるおっしゃり方ですね」

又兵衛が真顔に戻った。

「しかしその見澤屋は気になるな。儲《もう》かっている店か」

「品ぞろえはたいしたものです。内証のことはよくわかりませんが、あるじはなかなか上等の衣服を身につけていました」

「となると、金目当てに狙われてもおかしくはないな。――しかし文之介。おまえさん、だんだんと丈右衛門に似てきたな」

「そうですか」

「なに、いやそうな顔をしてる。あいつに似るっていうのはほめ言葉だぞ」

「しかし、それがしは父ではない別の同心になりたいのです」

「せがれとしてはそうだろうな。でもやっぱり似てるぞ。丈右衛門も非番の日に出かけては、犯罪の種を拾ってきたものだったよ」

文之介、と又兵衛が呼びかけてきた。

「今日のところは帰れ。もう夜だが、これからでもゆっくりと体を休めて明日に備えろ」

「ああ、そうだ。勇七、仕事の前に話しておくことがある」

文之介は、昨日の見澤屋の件を語った。

「そんなことがあったんですか。心配ですねえ。でも、ほかの子たちに注意しておかなくていいんですか」

「そうか、そうだったな」

文之介は自らの迂闊《うかつ》さを知った。

「でも今さらいえねえしな」

「どういうことです」

文之介はわけをいった。

「そうですよねえ、かどわかされたかも、なんてとてもいえないですよね」

「まあ、あいつらは裕福なところの餓鬼じゃねえからな、狙われるなんてことはねえだろうが」

文之介は自らにいいきかせるように口にした。

「でも旦那、その進吉って子のこと、心配そうですねえ。本当はそっちを調べたいんじゃないですか」

「まあな。だが残念ながら、今のところ俺たちの出る幕はねえ」

文之介たちは土岐造殺しの探索をはじめた。しかし、午前中はなにも得ることができなかった。

「勇七、腹減ったな」

「ええ、もう昼ですからね。飯にしますか」

「そうだな。ここからだとあのうどん屋、近いな。勇七、あそこでいいか」

文之介と勇七は、名の記されていないうどん屋の暖簾を再び払った。

「おや、いらっしゃい」

親父がにこやかに二人を迎える。今日はそんなにこんでいない。

「珍しいな」

文之介はなかを見まわした。

「俺たちが来るのが評判になって、客足が遠のいたか」

「そんなこと、ありゃしませんよ。たまにはこういう日もあります。冷たいのでよろしいですかい」

ああ、そいつを頼む。文之介たちはまばらにしか客がいない座敷の端に座りこんだ。

「それにしても勇七、これからどうすればいいと思う」

「いや、あっしにはいい案なんかありゃしませんよ。申しわけないですけど」

文之介は目をつむり、まぶたをもんだ。

「大本にとりあえず返ってみるか」

目をあけていうと、二つのうどんを盆にのせた親父が寄ってきたところだった。

お待ちどおさま。手際よく畳の上に置いてゆく。ごゆっくりどうぞ。

親父はその場を離れようとして、足をとめた。

「それがよろしいんじゃないんですか」

文之介は親父を見返した。

「大本に返るってことか」

「ええ、まあ」

「探索の経験があるのか」

「とんでもない」

親父は手を振って否定した。

「すいません。いらぬ口だしでした」

親父は一礼し、新たに入ってきた客のもとに行った。

うどんをたいらげて文之介たちは店を出た。文之介は暖簾を振り返った。

「あの親父、元は岡っ引か下っ引かな」

「かもしれないですねえ。とにかく得体の知れない親父ですよ」

文之介と勇七は、親父の助言通りに土岐造が殺された柳島村の廃屋にやってきた。

血のものとも思えるむっとするようなにおいがいまだに漂っており、文之介は胸が悪くなるのを覚えた。

すぐに出てゆきたくなったが、その気持ちを抑えてなにか落ちていないか、徹底して調べた。

「待てよ、勇七」

腰を伸ばした文之介は腕を組んで考えた。

「土岐造を殺した下手人は、どうしてこの家を選んだのかな」

文之介は外に出た。あたりは北側に建つ佐竹屋敷を除けば、ほぼ田んぼのみといっていい。緑がとにかく濃く、家は三町ほど向こうに数軒、百姓家が見えているだけだ。

文之介は、少し肥のにおいがまじっている大気を吸った。どこかでひばりの鳴き声がしているようにも思えたが、まだそれにははやすぎるように感じた。

「下手人はこのあたりに土地鑑があるのかな」

「そうなんでしょうねえ。でなければ、こんな家があること自体、気づかないでしょうし、夜ともなれば人けがまったくないのを知ることはできやしませんから」

「そうだな。土地鑑がある者に関しては石堂さんが調べてるはずだ。なにかつかめたかな」

文之介は空を見あげた。雲はほとんどなく晴れているが、霞《かすみ》がかかったように陽射しはほんのりとした光を地上に投げかけている。

「沢之助には土地鑑があるのかな」

「どうでしょうねえ。責めるわけにもいかないですし、責めたからってすんなりと吐くような男には見えないですし」

文之介は、拳と手のひらを打ち合わせた。

「よし勇七、ここで沢之助のことを思いだしたのもなにかの縁だろう。もう一度あの色の白い妾のところに行ってみるか。嘘をついているとしたら、あの女だ。問いつめれば、なにか吐くかもしれねえ」

妾の家は本所緑町一丁目にある。四半刻もかからず、文之介たちは家に着いた。

しかし妾は不在だった。いや、そうではなく引き払っていたのだ。家のなかに家財といえる物はなに一つとしてなかった。

先手を打たれた。もしや沢之助の野郎、口をふさいでねえだろうな。

隣家の者にこの家の大家をきき、文之介と勇七は急いで向かった。

文之介は土足であがりこむような勢いで、大家と会った。

大家は妾の退去をむろん知っていたが、行く先に関しては詳しいことは知らなかった。

「なんでも旦那に暇をもらっていられなくなった、っていってましたよ」

「家を出たのはいつだ」

「ほんの二日前ですけど」

「妾を旦那に世話したのは誰だ」

「それでしたら――」

文之介たちは本所花町《はなまち》にあるという口入屋を目指した。

「おい、勇七」

文之介は走りつつ呼びかけた。

「こんなときになんだが、花町のいわれを知ってるか」

「昔、色街だったとか」

「相変わらず当たり前の答えしかしねえな」

「ちがうんですかい」

「以前は浅草《あさくさ》にある東本願寺《ひがしほんがんじ》の門前町だったらしくてな、そのとき墓前に手向《たむ》ける花を売る店が建ち並んでたらしいんだ。でも、その場所が明暦《めいれき》の大火後に火除地《ひよけち》として取りあげられて、こっちに移ってきたんだ。それが花町のいわれさ」

「今も花を売ってるんですかね」

「そりゃ無理だろう。一緒に東本願寺は移ってきてくれなかったからな」

目当ての口入屋に到着した。さっそく店主に話をきく。

「ええ、おまんさんですね。手前が親分にお世話させていただきましたよ」

「おまんは沢之助から暇をもらったんだが、その後の足取りを知らねえか」

「えっ、暇をもらったんですか。それは知らなかったですねえ。親分、ずいぶん気に入ってたはずなのに」

「おまんから知らせはねえのか。おまんを紹介したのは、沢之助が陸奥なまりがある女がいい、とでもいったからか」

「そうです。陸奥の出の女はいくらでもいますから、たいした手間はかかってないんですけどね」

「おまんだが、沢之助に世話になる前の住みかはどこだ。誰かの世話になっていたのか」

「ええ、もちろんです」

「教えろ」

「無理です」

「どうしてだ」

これは勇七がいった。

「いえ、そんなおっかない顔されても困るんですけどね。――病で死んでしまったんですよ。歳も歳でしたから仕方なかったですね。七十近かったんじゃなかったかな」

「その前は」

「存じません。手前が世話したのは、その死んでしまったじいさんからでしたから」

一応、そのじいさんの住みかだった場所をきいた。口入屋からそんなに離れておらず、近所の者に話をさっそくきいたが、じいさんに血縁はおらず、家もとうに人手に渡っているとのことだ。おまんらしい女をここ最近見かけたこともないとのことだ。

「どこ、行っちまったんかな」

ねえ旦那、と勇七がいった。

「沢之助は本当に暇をだしたんですかね」

文之介はその言葉の意味を考えた。

「おまんが嘘をついたっていうのか」

「ええ。だって沢之助はとても気に入ってたんですよね。それに、もし沢之助が土岐造を殺したんなら、おまんは秘密を握ってるっていえるんですよね。そんな女を暇を与えて放りだしますかね」

「そうだな。おめえのいう通りだ」

文之介は下を向き、風が土埃《つちぼこり》をあげてゆくのを避けた。

「だとしたら、おまんはどこだ」

「沢之助の家じゃないですか。行ってみますか」

「よし、そうしよう。沢之助が会わせるとは思えんが、行ってみるだけの価値はありそうだ」

機嫌よく出迎え、沢之助自ら文之介たちを客間に案内した。

「御牧さま、よくいらしてくれました」

向かいに正座して、頭を下げる。

「こんなところに座らせてもらわなくてもよかったんだが」

文之介はにらみつけるような眼差《まなざ》しを送った。沢之助は、どうしてそのような目をされるのです、というようにかすかにおどける仕草をして見せただけだ。

「おまんはいるのか」

「いませんよ。暇《いとま》をだしましたから。でも、どうしてそのようなことをきかれるのです」

「おまんはどこに行った」

「さあ、新しい旦那でも見つけたんじゃないですか」

「家のなかを見せてもらえるか」

「捜されるんですかい」

「いやか」

「かまいませんが、いませんよ」

「かまわないんだな」

文之介は立ちあがり、勇七と二人して家捜しをはじめた。

だが、見つからなかった。文之介たちの気配を察し、どこかへ逃げだしたようなこともないように思われた。

文之介は落胆を押し隠して、沢之助の前に戻った。

「なんで御牧さまはおまんを捜されているんです」

「気になるか」

「そりゃあもう。暇をやったとはいえ、情をかわした仲ですから」

文之介は軽く息を吸い、沢之助をにらみ据えるようにした。

「俺は、あの女が嘘をついているとにらんでるんだ。——勇七、行くぞ」

四

一日が終わるのははやく、町には夕闇がうっすらと立ちこめはじめている。

沢之助の野郎、おまんをどこへやりやがった。

文之介は歩きつつ、犬のようなうなり声をだした。脳裏を、太い指にくびられる白い喉、という光景がよぎってゆく。

前から、どしどしと土がかたく踏み締められる足音がきこえてきた。あっ。うしろで勇七が喜びの声をあげる。

「文之介さま」

考えの底にいた文之介は、力強い腕でぐいっと引きあげられるようにうつつに戻された。

顔をあげると、どぎつい化粧に油を引いたような赤い唇が目に飛びこんできた。

「お、おう、お克」

文之介は立ちどまった。

「ああ、お会いできてよかった」

お克は珍しく娘らしい甲高い声をだした。だが、がっしりとした肩を大きく上下させ、息も猪《いのしし》のように荒い。背後に控える供の帯吉《おびきち》も汗だくで、顔を真っ赤にしている。

「なんだ、どうした。ずいぶんあわててんじゃねえか」

「ええ、そりゃもう。一刻もはやく文之介さまにお伝えしたくて、あっちこっち駆けまわりましたから」

お克は息がととのったのを確かめるように、胸を押さえる。

「いや、文之介さま」

恥じらうように顔を染め、うつむいた。

「なんだ、どうした」

「だって文之介さま、私の胸ばっかり、ご覧になるから」

「なにっ」

「なんですって」

勇七が顔を突きだしてきた。

「旦那、なにやってんです」

「ちょっと待て、勇七。見てねえって」

「まったくなにしてんだか」

勇七が吐き捨てる。

「油断も隙もあったもんじゃねえや」

文之介は殴りつけようと思った。しかしにらみつけてくる勇七の目が本気なのを見て取り、顔をお克に向けた。

「伝えたいことってなんだ」

胸を押さえていた両手を放したお克が、そうでした、といって面をあげる。

「思いだしたことがあるんです」

文之介はさすがに興味を惹かれた。勇七は目をらんらんと輝かせている。

文之介に見つめられて、お克がまた頬を染めた。文之介は顔をしかめかけたが我慢し、話すよううながした。

「盗みに入られる二ヶ月以上も前のことなんですけど」

もぐさ売りが屋敷のほうへ来た。

お代はけっこうですから、まず効き目を確かめてください。

もぐさ売りのすすめにしたがって、長年の膝痛に悩んでいた母がお灸をしてもらった。

たいして期待していなかったが、しばらくするうちに膝が軽くなってきたのを母は感じた。

これは効くわ。母はすっかり気に入り、かなりの量をまとめて購入した。

「そのもぐさ売りなんですが、母にお灸をしている最中、厠を借りたらしいんです」

家のほうでの働きをもっぱらにしている女中の一人が案内したが、今思えばどうもも
ぐさ売りは妙な動きをしていたように思えないこともないのだという。

「どういうことだ」

「ええ、その女中によりますと、そのもぐさ売りは家のなかにそれとなく眼差しを送っていたように思えますし、どこに家人たちが、どこに奉公人たちが寝ているのかさりげなくきいてきたと申しているんです」

文之介は勇七を振り返った。

「下見かもしれねえな」

「考えられますね」

文之介はお克に顔を戻した。

「来たのは二ヶ月以上も前っていったよな。それなのに、そのもぐさ売りが怪しいって、どうして考えたんだ」

「それなんです。今日、不意に思いだしたのは、お得意さまとお話をしたことがきっかけなんです」

文之介は黙って耳を傾けた。

「お話をしたのは、ある油問屋のお得意さまです。そのお人がよく効くもぐさが切れてしまったけど、肝心のそのもぐさ売りがやってきてくれない、というんです。はじめて来たのがもう二ヶ月近く前になるそうなんですけど、その人相をきく限りではどうもうちに来た人と同じみたいなんです」

お克が言葉を切り、すぐに続けた。

「そのもぐさ売りは、そちらの家でも厠を借りたそうです」

「二月《ふたつき》近く前か」

文之介はつぶやき、お克にただした。

「その油問屋は盗みに入られたのか」

「いえ、入られてません」

「その油問屋の名は」

お克が答えた。

「旦那、どうします」

勇七がきいてくる。

「おめえはどう思う」

「張るべきだと思います。お克さんがもたらしてくれた知らせです、役に立つに決まってますよ」

文之介は心中で首を縦に振った。むろん空振りも考えられたが、網を張ってみて損はない。

「よし、やってみるか」

文之介は勇七にうなずき、お克に一歩近寄った。

「ありがとう」

お克は飛びあがらんばかりに喜んだ。体はでかいが、そのあたりに年頃の娘らしさがあらわれている。

「お役に立てそうなんですね。もしお縄にできたら、延び延びになっているお食事、ご一緒させていただけますか」

文之介としては話をそらしたかったが、お克の目がさっきの勇七のように本気で、怖かった。

「いいよ」

ついいってしまった。いってから勇七にささやいた。

「行っていいか」

勇七は悲しそうな顔をしていたが、意を決したように口にした。

「変な真似、しないですよね」

「当たり前だ」

いつまでたっても同じことばっかりいいやがって。かちんときた文之介はふつうの声に戻した。

「でもおめえ、そういえばあの手習師匠に惚れられてるんだよな」

勇七が顔色を変え、お克をうかがうように見た。

文之介はまた勇七にささやきかけた。

「お克のことは、忘れたほうがいいんじゃねえのか」

「そんなこと、できないですよ」

押し殺したような声がずんと奥まで入りこんできて、文之介は耳を押さえた。この馬鹿、真に受けやがって。

「あの、いつにしますか」

お克の声がきこえ、文之介は向いた。

「ああ、そうだな。いつでもいいぞ。隣に寝床が用意してあるようなところでもいいぞ」

きゃっ、とお克が両手で顔を覆い、身をよじらせる。供の帯吉が呆然と口をあけている。勇七がじりっと土音をさせた。

「じゃあ、またな」

文之介は歩きだした。

すぐに勇七が追いついてきた。

「旦那、ちょっといいですか」

口調は丁重だが、態度は荒い。

「なんだ」

つられるようにして文之介も険しい顔で返した。

「ちょっとおめえ、来い」

ぐいと襟元をつかまれ、文之介は人けのない路地に連れこまれた。どんと突き放され、商家の裏塀に背中が突き当たった。

「なにしやがんだ」

文之介はにらみつけた。いや、にらみつけているのは勇七のほうだ。

「てめえ、なんであんなこと、いうんだ」

「なんのことだ」

「とぼけんじゃねえや。あれじゃあ、まるで俺がお克さんから心を移したみてえにきこえるじゃねえか」

「それでいいじゃねえか」

文之介は塀から背中を引きはがした。

「おい勇七、目を覚ませ。いいか、お克とはくらべものにならねえきれいな女がおめえのこと、好いてくれてんだぜ」

「おめえの知ったこっちゃねえよ。俺はお克さんがいいんだ。今度あんなこと、お克さんの前でいいやがったら、てめえ、容赦しねえぞ」

「容赦しねえだと。なにする気だ」

「ぶん殴ってやる」

文之介は笑った。

「俺に勝てる気でいるのか」

「当たり前だ。おめえ、最近自信つけてるみてえだが、俺から見たらまだ子供の頃の泣き虫なんだよ。この、泣き虫の阿呆《あほう》同心が」

さすがに文之介も頭に血がのぼった。

「てめえ、もう許さねえ」

「許さねえのはこっちだ」

突っこんだ文之介を勇七ががっちりと抱えこむ。

文之介は体をひねり、自由になった右手で勇七の頬を殴った。すぐに左の頬に拳が来た。目の前で火花が散ったが、文之介は負けずに勇七の腹を膝で突きあげるようにした。苦しげな息を漏らした勇七だったが、文之介も次の瞬間、腹に衝撃を感じ、息がつまった。勇七も膝を見舞ってきた。

そんな殴り合い、蹴り合いがしばらく続いた。

最後に文之介の力ない拳が勇七の顎を打ったところで、疲れきった文之介は地面に両腕をついて崩れ落ちた。勇七も荒く息を吐いて、塀にもたれるようにして座りこんだ。

「勇七、まいったか」

「旦那こそ」

文之介はしばらく荒い息を吐き続けた。

「――それにしても勇七、俺たち子供の頃からもう何度殴り合ったのかな。喧嘩しちゃあ仲直りの繰り返しだ。確か、一緒に天麩羅蕎麦を食ったとき、おめえのかき揚げを取って、それが喧嘩の種になったこともあったよな」

勇七が控えめな笑みを見せた。

「食い物のうらみは恐ろしいですからね」

「あと、俺に落とし穴に落とされたときも怒ったよな」

「あれは落とされたことを怒ったんじゃなくて、半刻以上もあんな深い穴に入れられっぱなしにされたことに怒ったんです。だってもし崩れてきたら、俺は死ぬな、って本当に怖かったんですから」

「ありゃ精だして掘ったからな」

文之介はそのときの汗を思いだしつつ、額と頬を手ぬぐいでふいた。

「あのあと大人に助けられたんですよ。大人もどうしてこんな深い穴が、って驚いてましたから。それに旦那、あのとき俺のこと、忘れてたでしょ」

「そうだったかな。俺が勇七のこと、忘れるなんてありえねえけどな。あと、なめくじを背中に入れたときも怒ったよな」

「だって俺がなめくじ、大きらいなの、知ってるでしょう。あれは許されることじゃあなかったですよ」

しばらく二人のあいだを無言が支配した。

「すまなかったな、勇七」

文之介はまだ息も荒くいった。

「気づかいが足りなかった。考えてみりゃあ、惚れた女から気持ちを移せっていうのも、無理な話だぜ。特におめえみてえな一途《いちず》な野郎にはよ。俺だってお春以外、目に入ってねえんだから。それに、寝床が用意してあるようなところだなんて、当てつけるようなこともいっちまった。あれも悪かったな。忘れてくれ」

「いえ、俺こそすみませんでした。あんなことで熱くなって旦那を殴っちまうなんて……」

文之介は快活に笑った。

「いいってことよ。気にすんな」

文之介は手ぬぐいを放った。

勇七が受け取り、汗をふきはじめる。

「でもやっぱり旦那を殴るなんて許されるこっちゃ、ありません。どんな罰でも受けます」

文之介は路上を見渡した。

「犬のうんこはねえな」

文之介は馬糞《ばふん》に目をとめた。

「まさか――」

勇七が目をみはる。

「馬鹿、そんなことさせねえよ。――いや、待てよ」

文之介はじっと見た。

「勇七、弥生ちゃんと食事をするってのはどうだ」

「ええっ、そんなことできませんよ」

「いいから誘うんだよ。やれ」

「だってさっき惚れた女から気持ちは移せないよな、っていったばかりじゃないですか」

「食事をしたからって、気持ちを移すわけじゃねえだろうが」

「でも——」
「いいからやれよ。どんな罰でも受けるっていったのはおめえだぜ」
「でも——」
「まあ、どっちでもいいよ。無理強いする気はねえんだ。勇七には、これからも俺の中間でいてもらいてえからな」

五

お克が口にした油問屋は、本所菊川町《きくかわちよう》三丁目にある、須貝屋《すがい》という店だった。まずそこへ事情をききに行くべきかと思ったが、もしかしたら飛びの三吉の目が光っているかもしれない。警戒させるだけ、との結論に落ち着き、文之介たちは、これまで飛びの三吉に入られたと思える店を一軒だけを除いてすべて訪れた。

そして、いずれの店も二ヶ月も前にもぐさ売りがやってきていた事実をつかんだ。訪問しなかった一軒というのは見澤屋だった。ここまで調べればあの店にももぐさ売りが来ていることは疑いようがないし、子供がかどわかされたかもしれない店に黒羽織で入ってゆくわけにはいかない。

すっかり暗くなった道を勇七とともに歩き、文之介は奉行所に戻った。

すぐさま又兵衛に会い、お克の話とそれを裏づける事実を報告した。

「でかしたぞ、文之介」

又兵衛は深くうなずいてくれた。

「これが、飛びの三吉をとっつかまえるきっかけになるにちがいねえ」

自信満々にいいきる。

「だが飛びの三吉の野郎、二ヶ月以上も前に下見をするなんて、なんとも用心深いやつだぜ。そんなにたっちまえば、誰だって売りに来たことなんか忘れちまうものな。——文之介、おめえの手柄にしな。今夜からさっそく張りこめ」

隅に置かれた行灯がちりちりと小さく煙をあげる。

そんなかすかな音でも、心の臓がどきりとするくらい大きくきこえる。さすがに上等な油をつかっているようで、いやなにおいはほとんどしない。

行灯は笠で覆われ、外に灯りが漏れないようにしてある。部屋のなかは薄闇に包まれ、向かいに座る勇七も顔だけがかすかに照らしだされている。

胸がつまるような静寂だ。一刻ほど前に店の者すべてが寝入り、人の発する物音などなに一つしない。雨戸を叩く風もなく、道を行く人もとうに絶えたようで、足音もきこえない。

夜が更《ふ》けてきてから、文之介と勇七は身なりを町人のものに替えて裏口からそっと須貝屋に入りこんだのだ。与えられた部屋は、大箪笥が置いてある居間の隣の六畳間だ。

文之介は懐から十手を取りだし、かざしてみた。きれいなものだ。ところどころ傷がついている。指でさすってみたが、消えるものではない。

勇七も捕縄をしごくようにしている。やがて満足したように手をとめた。そのときはじれったいほどゆっくりとすぎてゆく。文之介は息をそっと吐いた。そのつもりだったが、勇七が驚きの目を向けてきた。

果たしてあらわれるのか。まさか、今夜いきなりとはとても思えない。となると、いくつかの夜をこの店で越えることになるのか。

まんなかに置かれた火鉢が、襖を揺らめかせるように部屋をあたためている。春が近いとはいえ、まだ夜は冷える。火鉢の存在はこの上なくありがたかった。

勇七。文之介は我慢しきれなくなって声をかけた。

しー。勇七が苦い顔で首を振る。

「少しくらい大丈夫だよ。あっちのいびきのほうがよっぽどうるせえ」

文之介が奉公人の部屋があるほうへ指をさすと、勇七が小さく笑みを浮かべた。

町方同心が泊まりこむということで、奉公人たちは落ち着かなかったが、昼間の疲れのほうが上まわったらしく、いつからか高いびきがきこえてきている。

　このほうがありがたい。忍びこんでくる賊は、いつもと変わりなしと感じてくれるだろう。

「今、何刻かな」

「もう九つはすぎたと思いますけどね」

「まだそんなもんか」

　喉が渇いた文之介は、火鉢の上でしゅうしゅうと湯気を立てはじめた鉄瓶に手を伸ばした。

「あっしがやりますよ」

　勇七がすっと立ち、茶葉が入っているのを確かめて急須に湯を注ぎ入れた。湯飲みを静かに文之介の前に置く。

　文之介は湯飲みを手にし、すすった。茶の苦みが口中にあふれ、気持ちがすっきりした。眠気があったのだ。緊張して気持ちも頭も張っているつもりでいたが、そうではなかった。

　勇七はいかにもうまそうに、目を細めて茶を飲んでいる。

「じいさんみてえだな」

　文之介はささやき声でからかった。

「そんなことといってる場合じゃないですよ」

そうだな。文之介は返して、静かに茶を干した。

おかわりは、と勇七がきいてきたので、その言葉に甘えた。

二杯目もうまく、文之介は結局四杯を立て続けに飲んだ。

「そんなに飲んで大丈夫ですか。お茶は厠が近くなりますよ。前も小便じゃ、しくじってるじゃないですか」

「しくじりだと。そんなのあったか」

「とぼけっこはなしですよ」

あのときです、と勇七が文之介に思いださせようとする。

「わかってるよ。お知佳さんのところへ出かける親父を張ったときだろ。あのときは、どうしても我慢ができなかったんだ。今夜はあんなへまはしねえよ。安心していいぜ」

「そういわれましてもねえ」

「ずいぶん信用がねえな」

文之介はそのとき体が小便をうながす最初の合図を受け取った。まずいな。

「なにかいいましたか」

「いや、なんでもねえ」

しかしときがたつにつれ、尿意は増してゆく。文之介は身じろぎした。

勇七がうん、という顔で部屋のなかを見まわす。

「どうした」

文之介はなにか気配を感じたのか、と尿意を忘れてたずねた。

「いや、今うなり声みたいなのがきこえたんですが、勘ちがいだったみたいです」

そうか。文之介は壁に背中を預けた。それは俺だ、とはいえない。あまりに小便がしたくて知らずうなっていたのだ。

勇七がいつからか見つめている。

「どうしました。なに顔をしかめているんです」

「火鉢のせいだろう」

「暑いですか。消しますか」

「ああ、頼む。汗が出てきた」

勇七が炭を灰にうずめはじめた。あたたかみが部屋から徐々に去ってゆくのを確かめて、文之介は口をひらいた。

「勇七、ちょっと相談があるんだが」

これ以上の我慢は無理だ。

「行ってきていいか」

「どこへ」

「あそこって」

「わかりが悪いなあ。あそこってったら一つだろう」

勇七がさとった顔になった。

「いつからしたかったんです」

「ずっと前だ」

もうしょうがねえな。勇七があきれたようにつぶやく。

「はやく行ってきてください。でもくれぐれも音を立てないように」

そんなこたあわかってるよ。いい返したかったが、尿意はさらに強烈なものになっていた。

文之介を黙りこませた。

戸をそっとあけて、外に出る。須貝屋の厠は、廊下の突き当たりを左に折れたところにあった。最初は中庭にでもあるのかと思ったが、さすがに商家でいちいち外に出なくてもすむようにしてある。

文之介は解き放たれる気持ちよさを存分に味わった。体が溶けてしまいそうだ。

しかし、なかなか終わらないことに文之介は苛立ちを覚えだした。こんなときに限って賊はやってきてしまうものだ。

はやくしろ。手のうちのものをせかす。だが、小便は滝のような勢いでほとばしり続けている。

ようやく終わった。文之介は手水場《ちょうずば》で手を洗うことなく部屋に戻った。途中、賊がいるような気配は感じなかった。

やれやれだ。心のなかでいって、あぐらをかく。

「ずいぶん長かったですねえ。大きいほう、だったんですか」

「ちがうよ。たまりすぎてたんだ。おめえはいいのか」

「あっしは大丈夫です。旦那ほど近くはないんで」

「昔っからそうだよな。なにか小便を出なくするような秘訣《ひけつ》でもあるのか」

「そんなもの、ありゃしませんよ」

ふーん、そうなのか。文之介は生返事を返した。尿意が去ったら、眠気がやってきた。

「ちょっと旦那、なに目をつむってるんです」

文之介はぱちりと目をあけた。

「つむって悪いのか。寝てなんかいやしねえぞ」

いったそばからまぶたが落ちてきた。このまま眠れたら気持ちいいよなあ。幼い頃、母の腕に抱かれたのを思いだすような、心地よい気分のなかに文之介はいる。

「ほら、また」

「勇七、声がでけえぞ」

目を閉じたまま注意した。

「すみません」

勇七はなにもいわなくなった。

しばらく文之介は寝入っていた。その眠りからさまさせたのは、なにかこつんという音がしたような気がしたからだ。

今のはなんだ。夢とうつつをさまよう波間で、文之介は考えた。また同じような音が頭のなかで響いた。

はっとして目が覚めた。目の前に勇七がいる。さすがに眠そうにしていたが、ここで自分まで寝てしまったらどうする、という気持ちだけで起きていたようだ。

目をあけた文之介を見て、安堵した顔になった。

勇七。文之介は唇の形で呼びかけ、天井を指さした。

来たんですか。勇七も唇で返してきた。

おそらく。灯りを消せ。

勇七がすばやく行灯を吹き消した。部屋が暗黒に包まれる。すぐには目が慣れない。

やがて、目が闇のなかのものをとらえはじめる。勇七の姿もぼんやりと見えてきた。

文之介はそろりと立ちあがり、懐から十手を取りだした。

勘ちがいか。文之介は自問した。そうかもしれない。まさか張りこみはじめた当夜に来るとはいくらなんでも思えない。

同じ音はもうきこえない。文之介は襖に身を寄せ、隣の間の気配をうかがった。

人の気配はない。それでもじっと動かずにいた。

板がずれるようなかすかな響きを耳が拾う。今のは天井板がはずされた音ではないか。

やや間を置いて、人が畳におり立ったような音。さらにしばらくしてから、箪笥の引出しが引かれた。

まちがいない。文之介は勇七にうなずきかけた。勇七が火鉢の炭をおこし、用意してあった龕灯《がんどう》を灯す。

それを確かめてから、文之介は襖をすらりとひらいた。

「御用だ。神妙にしやがれっ」

龕灯の光が浴びせられる。ぎょっとして立ちすくむ影。だがそれも一瞬で、賊はだっと走りだした。

待ちやがれっ。文之介は影に躍りかかった。影は、振りおろされた十手を避けた。

文之介は十手を横に振った。それも賊は避けたが、逆袈裟《ぎやくげさ》のように返して見舞った十手が賊の肩口に決まった。賊は体勢を崩したが、逃げようとする姿勢に衰えはない。

かすかによろけかけたものの賊は部屋の外に出、廊下を走りだした。どん、と雨戸に体当たりしたが、商家の雨戸は頑丈で、そのくらいでは倒れない。

「旦那、どいてください」

うしろからかけられた声に、文之介はさっと横に動いた。

文之介の胸をかすめるように縄が伸びてゆく。それがばしっという音とともに、賊の腕にからみついた。

でかした。文之介は動きをとめられた賊に突進した。賊も突っこんできた。刃物を持っているのか。文之介は闇のなか冷静に観察した。

持っておらん。文之介は、体当たりをかまそうとした賊の肩に思いきり十手を振りおろした。

びしっ、という音が響き渡り、ああっ、という声を残して賊が廊下に倒れこんだ。その姿を龕灯が満月のような明るさで照らしだす。

文之介はもう一撃を加えようとしたが、ほっかむりをしている賊の瞳にあきらめの色が浮かんでいるのを見て、腕をおろした。

文之介は、賊が刃物の類を持っていないか、体をあらためた。

「そんな物、持ってねえですよ」

賊が見損なわないでもらいてえな、という気持ちをあらわにいう。

「えらそうにいうな、こそ泥が」

しかし筋骨の張りはすばらしく、こそ泥と呼ぶにはあまりにもったいない。猿のようなすばしこさをその小柄な体は秘めている。

勇七。文之介は賊を見つめたまま呼んだ。

「縄を打ちな」

へい。勇七が賊をがんじがらめにし、立ちあがらせた。

文之介は賊の全身を見た。

「黒ずくめか、わかっちゃねえな」

「どういう意味です」

賊が不思議そうに口にした。

「黒なら闇が隠してくれるって思ってのことだろうが、逆なんだよ。黒は壁のしみみたいに暗闇のなかでは浮いちまうんだ」

文之介はほっかむりをはぎ取った。悔しそうに顔をゆがめている男がいた。

「じゃあ、何色がいいんで」

柿《かき》色がしっとりと闇になじむといわれている。戦国の頃の忍びが着用していたのも柿色の忍び装束と文之介はきいている。

「そりゃいえねえ。でも意外に若いんだな」

まだ三十はいっていないのではないか。

「おめえ、飛びの三吉か。いったいどこから入ってきやがった」

「そりゃいえねえ」

賊は文之介の口真似をしてうそぶいた。

「まあいい。お調べで吐かせてやる。勇七、引っ立てろ」

騒ぎをききつけて、店の者すべてが起きだしてきている。

「とっつかまえたよ。なにも取られてはいねえはずだ。明日もはええんだろ。はやいとこ寝たほうがいい」

「いえ、そういうわけにはまいりません」

須貝屋のあるじがいい、文之介たちを見送るために店の者が全員、ぞろぞろついてきた。

外に出た文之介はあるじが渡してくれた提灯を手に、歩きだした。捕縄をがっちりと握った勇七がついてくる。そのうしろをうなだれた賊が引っぱられるように、歩いている。

しばらく進んだとき、なにかの気配を嗅いで文之介は振り返った。うん、と目を細める。

今、飛びの三吉の野郎、妙な動きをしていなかったか。

はっとした。こいつ、縄抜けがつかえるのか。

文之介は見澤屋などで見た、風を入れ換えするための高窓を思いだした。

もしやこいつは、と思った。体中の骨をはずせるか、それとも、ものすごく体がやわらかいのではないか。

「勇七、注意しろ」

文之介が叫んだ途端、すとんと縄が地面に落ち、賊が走りはじめた。

くそっ。文之介は追いかけようとした。勇七が落ち着いて縄を拾いあげ、さっと投げた。ぴっと風切り音を残して飛び去った縄は、見事に賊の足にからみついた。

賊は縄に逆らって走り続けようとしたが、足がもつれ、その直後、音を立てて転倒した。文之介は一気に追いつき、賊の襟元をぐいっと持ちあげて起きあがらせた。

「味な真似するじゃねえか」

見ると、賊の右肩が下のほうにずれている感じに見えた。

「なんだ、まだはずれたままか」

文之介は勇七を呼んだ。

「このまま縛っちまいな。それならもう逃げられんだろ。おめえも痛いかもしれんが、番所まで我慢してもらうしかねえな」

賊は今度こそ本当に悔しそうだった。

「どうしてあっしがあの店を狙《ねら》っているのがわかったんで」

悔しさを噛み殺すようにきく。

「不思議だろうな。いいよ、教えてやろう」

もぐさ売りに精をだしすぎたことを文之介は伝えた。

そうだったのか。賊がため息をつき、がっくりとうなだれた。

「もう金はできたんだから、店じまいにしておくべきだった」

六

奉行所内の牢《ろう》に賊を入れ、文之介は組屋敷に帰ってきた。又兵衛の屋敷に行き、賊をとらえたことを報告した。

八つ半をまわっていたこともあり、さすがに起きがけの又兵衛は眠そうだったが、話をききはじめたときにはしゃっきりし、でかした、と大声でほめてくれた。

「よし、文之介。明日は、いやもう今日か、昼から出てくればいいぞ。たっぷりと寝てくれ」

屋敷に戻った文之介は丈右衛門を起こすことのないよう、忍び足で自分の部屋に入ろうとしたが、さすがに耳ざとく父は起きてきた。心配してくれていたのかもしれない。

「どうだった。こんなにはやく帰ってくるってことは、上首尾だったのか」

文之介は顚末《てんまつ》を告げた。

「そうか、よくやったな」

文之介をねぎらって、部屋に入り、丈右衛門が静かに襖を閉めた。

父にほめられたことが意外にうれしかった。認められた、という思いなのかもしれないが、文之介はその感情に少し戸惑った。

布団を敷いて、横たわる。疲れきっていたからすぐに眠りに落ちると思っていたが、捕物を終えたばかりの熱が文之介をなかなか寝かせなかった。

ようやく眠りについたのは、七つの鐘をきいてからだった。

しかしすぐに人の呼ぶ声で叩き起こされた。

はっとして起きあがる。雨戸の隙間から漏れる光が日がのぼってだいぶたっていることを文之介に教えた。

あの声は、と文之介は思った。勇七じゃねえのか。

文之介は呼び続けている声のする庭のほうに行き、腰障子をひらいて雨戸をあけた。

「どうした」

勇七は血相を変えている。

「なにがあった」

自然、文之介の声も険しいものになった。

「あっしも今知らされたばかりなんですが、橋田屋が押しこみに襲われたようなんです」

いわれたことの意味がすんなりと胸におさまらない。

「橋田屋って、お知佳さんのところか」

「そうです」

「お知佳さんのところが押しこみにやられたっていうのか」

「全員殺害されたのでは、ってききました」

「なにっ」

文之介は寝巻き姿のままなのに気づいた。

「ちょっと待っててくれ。着替えてくる」

父上はどうしているのか。部屋にはいなかった。出かけているようだ。

いつもの身なりとなった文之介は、勇七とともに橋田屋に駆けつけた。

店の前は、奉行所の者たちがせわしく行きかっていた。小者たちが近づこうとする野次馬たちを制している。

文之介と勇七は小者たちに会釈《えしゃく》して、店に入った。

「おう文之介、来たか」

石堂が手をあげる。その隣には鹿戸吾市がいる。文之介に目をやろうとしない。意識して無視しているわけではないのは、目の前に向いた瞳が物語っている。ひどく充血し、どこかおびえているような感じに見えたのだ。

あの部屋で殺《や》られたんだな。文之介は察しをつけた。

急ぎ足で近づいて石堂に挨拶し、次いで吾市にも頭を下げた。吾市は文之介がやってきたことにまだ気づかない。

文之介は部屋をのぞきこんだ。むっと顔をしかめる。うしろで勇七も息をのんでいる。

予期していた以上の凄惨《せいさん》さだ。

奉公人らしい男たちが夜具のなかで殺されている。いずれも胸を一突きにされたらしく、掻巻《かいまき》のそこだけが赤黒く染まっている。全部で五人。まだ二十歳をすぎたばかりと思える若者もまじっていた。

文之介は呆然とした。驚きがあまりに大きく、悲しみはわいてこない。

いったいなにをどうすれば、こんな真似ができるのか。下手人の頭の中をのぞいてみたい気がした。こんなことがやれるのは人ではない。いや、獣《けもの》でもここまではできまい。

人の面をかぶった、得体の知れない化け物の仕業だ。

猛烈な怒りが這いあがってきて文之介は手を握り締めた。力をこめていないと、体がぶるぶる震えだしそうだ。

この手できっととらえてやるからな。文之介は見えない下手人に向かって呼びかけた。

「あっちで女中も殺られてる」

石堂が苦い顔で指さした。

文之介はそこも見た。三人だったが、同じように胸をやられていた。

「家人たちは」

甚六、お知佳、お勢。その三人の姿がどこにも見えない。

「いや、それがまだわからんのだ。桑木さま自らお調べになってる」

石堂がそういったとき、奥のほうから又兵衛が姿をあらわした。

「おう、文之介、来たか」

文之介と勇七は又兵衛に近づいた。

「家人たちの姿はないな」

「逃げたのでしょうか」

「わからん。賊に連れ去られたのか、それとも自らの意志で姿をくらましたのか」

「押しこみとききましたが」

「いや、それもまだわからんのだ。今、金が奪われているか調べているところだ」

そこへ又兵衛づきの小者がやってきた。

「蔵はあけられておりません」

又兵衛が文之介たちのほうを向いた。

「というわけだ。どうやら押しこみというわけではなさそうだな」

文之介はもう一度、奉公人たちの死骸を見た。

「これを家人がやってのけたということはあり得るのでしょうか」

「考えられねえでもねえが、ちがう気がするな」

どうしてです、といいたいのを我慢して文之介は待った。

「店のあるじが奉公人を皆殺しにして、家人とともに逃げだす。そんな事件はこれまで一度たりとも扱ったことがねえ」

又兵衛がいい、息をそっと吸いこんだ。

「見たところ、この店は繁盛しているようだ。商売につまっている様子は感じられねえ。調度もいいのをつかってるし」

又兵衛は文之介たちに、家族の行方を追うように命じた。

「賊に連れ去られたっていうのが筋としては最も濃いが、とにかく家人を捜しだせば、どういうことかわかるだろう」

又兵衛はなにか質問はあるか、というように文之介たちを見まわした。

「誰が通報してきたんです」

文之介はたずねた。

「いつもこの店に来ている蔬菜売りだ。裏口からふだんは呼ばわって入れてもらうんだが、今日に限っては返答がなくてな。でも裏口もあいてるし、勝手口もあいてる。それで声をかけつつ入ったら、ということだ」

「では、賊は台所から」

「かもしれん。あるいは、家人がそこから出たのかもしれんな」

「家人が生きているとしたら、どうして自ら知らせてこなかったのでしょうか」

「やはり連れ去られたからか」

「これだけのことをされても、通報できないなにかがあるのかもしれません」

はじめて甚六に会ったときの印象を思いだし、文之介は又兵衛に語った。

「ふむ、一癖も二癖もありそうな男か。文之介はその甚六というあるじが過去になにかしでかしているのでは、と考えているのか。なるほど、それを調べれば下手人もわかるか」

「奉公人たちがいつ殺されたかは」

「紹徳先生がまだ見えん。それは検死が終わってからだな」

「わかりました。——あの、桑木さま」

声を落とす。

「お耳に入れておきたいことが」

文之介は又兵衛を石堂たちからやや離れた場所に連れていった。

「なんだ」

怪訝そうな又兵衛に文之介は話した。

「なんだと。まことか。そうか、この家に丈右衛門の……そうか、ここで暮らしていたのか」

又兵衛がぐるりと見まわす。

「文之介、ここへやってくることを丈右衛門に教えたか」

「いえ、勇七が知らせに来たときにはすでに父上は出かけているようでした」

「となると、まだ知らんな」

「教えたほうがいいでしょうか」

「教えてやれ。これだけの事件だ、どのみち耳に入るだろうが、文之介から知るのがよかろう」

七

父に話すために屋敷に帰るわけにはいかなかった。どのみち、どこかへ出かけている。

一瞬、橋田屋へ来ていたのでは、という思いが浮かんだが、もしそうならとうに姿をあらわしているはずだ。

どこへ行ったのだろう。三増屋だろうか。

いや、と文之介は首を振った。今は父のことより探索だ。

又兵衛に了解を取り、文之介は外に出た。

「よし勇七、橋田屋甚六のことを徹底して調べあげるぞ。そうすれば、居どころもつかめるかもしれねえ」

「へい、わかりました」

勇七が元気よく答える。

「どこから手をつけますか」

「まずは町役人や近所の者、あとは取引先か。本当は甚六の血縁に話をきくのが一番なんだろうが、飢饉で死に絶えたっていってたよな」

「本当ですかね」

「あのときの瞳に嘘をいっている色はなかったぜ。あいつの目には悲惨な飢饉をくぐり抜けてきた者だけが持つ光があったように思ったが、勇七はどう見た」

「あっしにはわかりません」

「なんとも素直な答えだな。おめえらしくていいや。——陸奥から流れてきた甚六がこの町に住み着くにあたり、請人《うけにん》が誰だったのか、まずは調べてみるか」

文之介はまわりを見渡した。野次馬《やじうま》は数を減らしておらず、むしろ増している。陽気がよくなり、陽射しも半月前よりだいぶ明るいせいでじっと立っているのに難儀しないことも、野次馬たちを引き寄せる理由のようだ。

文之介は、小者たちが野次馬を近寄らせないようにしているすぐそばで、身なりがよく、やや歳がいった数名の町人がものいいたげに立っているのに気づいた。町役人である。

すぐに文之介は歩み寄った。

請人となった者はこの町の口入屋だった。その口入屋に会う前に、町役人に甚六について知っていることを話してもらったが、たいしたことは得られなかった。

もともとさしたるつき合いがあったわけではなく、それに甚六自身、近所との行き来を望んでいるように感じられなかったという。

友達や飲み仲間もいなかったのでは、とのことだ。

文之介は礼をいって町役人たちのそばを離れた。勇七とともに道を進む。

橋田屋で起きたことを近所からきいてすでに知っていた口入屋は、平静な表情で文之介たちを出迎えた。

店主は、甚六がこの町に住むことになった経緯を覚えていた。

「橋田屋さんの近くに、紙を漉《す》いていた小さな店があったんですがね、そこの当主と跡取りが亡くなりまして、残された家人――母と娘でしたが、売りにだしたんです。そこにやってらしたのが橋田屋さんだったんです」

「売りにだしたといったが、甚六は買えるだけの金を持っていたのか」

「ええ、即金ですよ。迷うことなく買われましたね」

どこからそんな金が出たのか。

「そのとき甚六の身なりはよかったか」

「いえ、ほとんどぼろぼろでしたよ」

口入屋はなつかしむような色を目に浮かべてみせた。

「ですから最初は、お乞食《こじき》さんみたいなのがなにいってるんだって感じで追い返しそうになっちまいましてね」

「そのとき甚六は一人だったか」

「店に入ってきたのは一人でしたね。でも、誰か外で待っているような感じは受けましたけど」

文之介は顔を突きだすようにした。

「顔を見たか」

「いえ、見てません。でも、その取引が正式にまとまって売り主のところに挨拶に行ったとき、女の人が一人ついてきました」

「女だと。何者だ」

「さあ、二人ともなにもしゃべりませんでしたから。でも夫婦には見えなかったですね。

歳の頃からして、妹さんかな、って思ったのを覚えてますよ」

「その女は、買い取った家に甚六と一緒に住んでいたのか」

「いえ、甚六さんは一人でしたね」

「女がどこに住んでいる知らんか」

口入屋は申しわけなさそうに首を振った。

忙しいところ、すまなかった。文之介は口入屋を出た。

「甚六には妹がいたんですね」

勇七がいってくる。

「まだ妹と決まったわけじゃねえぞ」

「でも夫婦のようには見えなかったって」

「許嫁《いいなずけ》ってのも考えられるだろ。いや、お知佳さんをめとったからそれはねえか。とにかく、甚六には身を寄せられる女がいるってことさ」

「今、まさにそうなんじゃないですかね」

「俺もそれを考えてた。だが、どこにいるのかわからねえんじゃ、どうしようもねえな」

ああ、そうだった。文之介はふと思いついたことがあり、出てきたばかりの暖簾を再度くぐった。

「おう、もう一つききてえことがあるんだ」

奥から店主が足早にやってきた。

「はい、なんでございましょう」

「甚六には妾がいたのか」

「はい、以前はおりました。手前がお世話をさせていただきました」

「以前にというと、今はいないということか」

「はい、暇をだされましたから」

「今、その妾はどうしてる」

「ほかの旦那の世話になってます」

「その妾だが、甚六になついていたか」

「ええ、大事にしてもらっていたようなことはいってましたよ」

それなら甚六も気を許して、寝物語にでもなにか話しているかもしれない。

深川森下町《もりしたちょう》に妾の家はあった。

文之介たちと同じくらいの歳で、なかなかの器量だった。文之介の好みとしてはややほっそりしすぎているように思えたが、今はそんなことを気にしている場合ではない。

万が一の期待を持っていたが、やはり甚六はいなかった。口入屋がいった通り、妾はすでにほかの男の囲い者になっていた。甚六とは縁もゆかりもない男だった。

おれんと名乗ったその妾に、文之介は甚六のことをきいた。だが、おれんはなにも知らなかった。

「あの人、私の話は喜んできいてくれたんですけど、自分のことになると一切しゃべらないんです」

「血縁がいるといってはいなかったか」

文之介は食い下がるようにたずねた。

「私もきいたことがあったんですけど、血縁は一人もいないといってました」

文之介と勇七は橋田屋のある南本所松井町に戻り、近所のききこみを行った。

しかし、なにも手がかりはつかめなかった。さすがに足取りも重く、奉行所に戻った文之介は今日一日の報告を又兵衛にした。

「昨日の今日だ。疲れたろう。今日はもう終わりにしてはやく休め」

上役の言葉に甘えて、文之介は組屋敷に帰った。

父が居間でのんびりと茶をすすっていた。

「ただいま戻りました」

文之介は両手をそろえて挨拶した。

「おう、お帰り。飯は食ったか」

「まだです」

「そうか。お春が支度してくれてある。食べるがいい」

「お春はもう帰ったんですか」

「ああ、日のあるうちにな」

「今日、お春と一緒だったのですか」

「そうだ。今、お春が花を習っているのを知ってるか」

「いえ、存じません」

文之介はどういう風の吹きまわしだ、と思った。姉を見習おうとでもいうのか。

「上達してるみたいだ。おい、一緒にどこへ行ったのかききかんのか」

「教えてもらえるんですか」

「まあな」

丈右衛門が見直す目をした。

「なんだ、気がかりなことでもある顔だな。文之介、なにかあったのか。話せんことか」

「いえ、話しますよ」

「そうか、なら先に飯をすませてこい」

文之介は台所に行き、かすかにまだあたたかみの残る飯を茶碗によそった。味噌汁をあたため、鰺の干物をおかずに食べる。

うまかった。満足して箸を置いたが、これから父にいわねばならないことを考えると、気が重い。

茶を飲み、茶碗と皿を洗って父のいる部屋に戻った。丈右衛門の前に正座する。

「見るからに深刻そうだな。いったいなにがあった」

「いえ、先に父上からお願いします」

よかろう。丈右衛門が気軽にうなずいた。

「今日は朝はやくから、お春に誘われて花のお師匠さんのところをいくつかめぐってたんだ。生け花の展示会というのかな、そういうのが何ヶ所かで行われていて。……さすがに疲れたな」

丈右衛門は足を投げだし、ふくらはぎをもんだ。

「楽しかったですか」

「一ヶ所くらいならいいが、四ヶ所ばかりまわらされた。ちがいなどろくにわからんから、最後のほうはちょっときつかったな。よし文之介、おまえの番だ」

丈右衛門は文之介を見つめてきた。

深い色をしているな、と文之介は父の瞳を見て思った。このなんでも見通してしまうような目で、次々に事件を解決に導いてきたのだ。

文之介は腹に力をこめ、ためらうことなく言葉を紡ぎだした。

血の気が引いてゆくのが、鏡でも見ているようにはっきりとわかった。

的中しちまったか。

丈右衛門は顔をゆがめた。あのときの予感。やはり勘ちがいなどですませることではなかったのだ。

行かせるべきではなかった。丈右衛門は瞑目《めいもく》した。

目をひらく。悔いてばかりはいられない。

よし。丈右衛門は一人、腹を決めた。

第四章　梅のにおい

一

「勇七、おめえ、寝ぼけてんじゃねえだろうな」

「当たり前です、本当のことなんです」

出仕前の文之介の屋敷にあらわれた勇七がまじめな顔でいい募る。

「橋田屋に続いて今度は見澤屋かよ。勇七、ちょっと待っててくれ。今、着替えてくるからよ」

見澤屋は近い。文之介たちはあっという間に着いた。小者たちが野次馬を近づけまいとしているのは、橋田屋と同じ光景だ。

「おう、文之介」

店先で手をあげたのは石堂だ。さすがにうんざりした顔をしている。

「またしても皆殺しとききましたが」

「ああ、今度も全員だ。いや、今度のがひどいかな。奉公人だけでなく、あるじ夫婦も殺されている」

あっ、と文之介は思った。そういえば進吉という男の子はどうしただろう。

「死者のなかに子供は」

「いや、おらん。丁稚《でっち》は雇ってないらしい」

「いえ、あるじ夫婦の子です」

「いや、おらんぞ」

となると、かどわかされたままだったのか。

「桑木さまは」

「まだだ。その代わりといっちゃあなんだが、紹徳さんの検死ははじまっている」

文之介はながに入った。勇七が続く。

店のなかを見てまわった。男の奉公人は四人、女が二人。橋田屋と手口は同じだ。進五郎夫婦が重なるように殺されているのが、異なっている点だった。体をよじるようにしている進五郎は、もはやなにも映じない目で天井を見つめている。その目に最後に映ったものはいったいなんなのか。下手人の顔か。それとも、刺し殺された女房の姿か。あるいは胸から噴きだす鮮血だったのかもしれない。

二人の体から出た血は、布団に染みこんでいるだけでなく襖も赤黒い筋で染めている。天井にも届いたようで、点々と飛んでいた。

しかし、どうしてこんなことに。文之介は悲しみと苦い思いが同時に胸をせりあがってくるのを感じた。おそらく橋田屋と同じ者の犯行だろう。

これだけの惨劇を阻止できなかったおのれの無力を感じた。

くそっ。文之介は小さくつぶやいた。本当はもっと大声で叫びたかったが、それだけの力は下手人捕縛のために体にとどめておくべきだった。

なんとなく視線を感じ、文之介は振り返った。勇七と目が合った。

勇七は文之介の決意を解した瞳をしている。文之介がうなずきかけると、勇七がうなずき返してきた。

文之介は体を戻した。あるじ夫婦の死骸《しがい》の下が気になってならない。石堂は子供の死骸はないといったが、かばわれて死んでいるのではないのか。

文之介は慎重にのぞきこんだ。

ほっとした。安堵の汗が流れてゆく。

「どうした、なにを見ている」

又兵衛の声がし、文之介は顔をあげた。説明する。

「子供か。そうだったな」

又兵衛は苦い顔つきになった。

「この店に小者をつけていたのは確かだが、そう人手があるわけじゃないからな。張っていたのは夜の四つまでだ。だから犯行があったと思われる深夜、この店を張っていた者はいない」

そうでしたか。文之介は残念だった。

「文之介、この殺し方はつまり、橋田屋と見澤屋にはつながりがあったことを意味するのかな」

そう又兵衛にいわれて、文之介は思いだした。

「両家のあるじの甚六と進五郎ですが、同じ陸奥なまりがありました」

「同郷かな」

「かもしれません」

「となると、そのつながりを探ればこの二つの事件は解決できるか……」

陸奥なまりといえば、と文之介は思った。沢之助もそうだ。もしや、やつがこの件に関係しているのか。

奉公人の検死を終えた紹徳が進五郎たちの部屋にやってきた。

「ご苦労さまです」

又兵衛が辞儀をする。悲しみに沈んだ顔で紹徳はうなずきを返し、死骸のそばにひざまずいた。

二つの死骸を、裏返したりしてていねいに見る。やがて立ちあがった。

「奉公人は寝ているところを刺されていますが、この二人は起きているところを殺《や》られたようです」

「殺害されたのは何刻頃でしょう」

「そうですね、おとといの夜の五つから明け方の七つくらいでしょうね。手前の勘では、九つ半くらいの見当ではないか、と思います」

「おとといですか」

文之介は声を発していた。

「昨夜《ゆうべ》ではなく」

「そう、おとといです」

紹徳は死骸のかたさや血のかたまり具合などを説明し、昨夜殺害されたものとはとても思えません、と結論づけた。つまり、橋田屋と同じ晩だ。

「ほかにおききになりたいことは」

「いえ、別にありません。朝はやくからご苦労さまでした」

ではこれで。一礼した紹徳は小者をしたがえて帰っていった。

「昨日、店は締まっていたそうです」

いつの間にかやってきていた吾市が、又兵衛に向かっていった。

「ほとんど休まない店なので、珍しいことがあるものだと近所の者は珍しがっていたそうです。それでも休むことがないわけではありませんでしたから、さほど気にとめたわけではなかったようです」

「見つけたのは」

「取引先の者です。今朝、納め入れる品物がありまして、朝一で持ってきてくれとのことだったので、四人で大八車を引っぱってきたところ、いつもあいているはずの店があいておらず、仕方なくあくのを待っていたがいつまでたってもその気配がない。それで表戸を叩《たた》いたりしていたが、返事もない。一人が裏口があいているのがわかって、声をかけつつなかに入っていったそうです」

「それで見つけちまったか」

又兵衛がいい、文之介たちを見渡した。

「鍵《かぎ》はどうやら甚六が持っていそうだ。甚六を見つけだすこと、これに全力をあげてくれ」

二

甚六を捜しだすこと。そうすれば、お知佳の居どころもわかる。なぜ橋田屋が皆殺しの目に遭ったかも。

丈右衛門はそう確信している。

甚六は生きている。まちがいなく生きている。そうたやすくたばるたまではない。

どこにいるのか。

丈右衛門は、甚六の血縁のところへ行き、話をききたかった。しかし、甚六は全員死んでしまっているといっていた。

ほかに甚六について話をきける者はいないか。

そういえば、と丈右衛門は思った。お知佳が家を出るきっかけの一つになった妾がいたのを思いだした。

家はどこなのか。おそらく、甚六が懇意にしている口入屋が世話をしたのだろう。

丈右衛門は南本所松井町に向かった。

橋田屋がよくつかっていた口入屋は、さほど手間をかけることなく見つかった。あるじに身分を明かして、話をきく。

「ああ、そのことでしたら昨日、別のお役人がきかれてゆきましたけど」

「どんな男がきいていった」

丈右衛門には、文之介ではないか、との予感があった。

すらすらとあるじがいった言葉は、文之介の特徴とことごとく一致していた。

やるじゃねえか、あいつも。

一瞬にすぎなかったが、心が浮き立つものを丈右衛門は覚えた。あるじを見つめる。

「ああ、お妾さんの家でしたね」

あるじが口にした場所に、丈右衛門は急ぎ足で向かった。

元妾のところに甚六はいなかった。その妾はすでに新しい旦那に世話になっており、甚六の行き先を知らなかった。

妾と手を切ったというのは本当だったか。丈右衛門はうなるようにつぶやき、妾の家を出た足をとめて腕を組んだ。

次はどこへ行くか。

少し歩き疲れを覚え、丈右衛門はしばらく進んで寺の境内に水茶屋を見つけた。縁台に腰をおろし、看板娘らしい若い茶汲女《ちゃくみおんな》に茶をもらって串団子《くしだんご》を頼んだ。

茶をすすりつつ、団子をほおばる。

さて次はどこへ行くか。甘みたっぷりの団子を咀嚼しつつあらためて自らに問う。

もしや狙われたのは甚六ではないのか。お知佳ということは考えられないか。

かなり考えにくいことではあったが、潰《つぶ》さずにおかずにはいられない。

勘定を払って水茶屋を出た。休んだおかげで体が軽くなっている。

丈右衛門はお知佳の実家のあった町へ足を運んだ。お知佳は嫁いで二年めの冬、実家の火事で家族全員を失ったといっていたが、そのことと今回の件は関係ないのか。

子供の頃お知佳と親しくしていた数名の者に会って話をきいたが、火事は三十軒あまりを焼き尽くした大火で、死んだのはお知佳の一家だけでないのがはっきりした。火元はある職人の長屋で、激しい夫婦喧嘩の末、行灯を倒したのが失火の原因だった。その夫婦は火刑に処せられたとのことだ。

お知佳の家はもともと紙漉き職人を五名ほど雇っていた家で、お知佳が橋田屋に嫁入りしたのは、取引を通じて甚六が見初《みそ》めたのがきっかけだった。

お知佳は関係ないな。丈右衛門はほっとして結論をだし、道を戻りはじめた。

やはり今回の件は甚六だ。

歩きつつ、そうか、と丈右衛門は気づいた。甚六の行方よりもなによりも、俺は甚六自身のことをまるで知らない。

これでは探索など進むはずがない。捜す相手の背景がわかってこそ、手がかりもつかめるというものだ。

隠居暮らしが長くなって、ちと鈍くなったかな。

南本所松井町に戻り、自身番に入る。

「あれ、御牧の旦那じゃないですか」

「お元気そうでなによりです」

「またお会いできてうれしいですよ」

顔なじみの町役人たちが驚きつつも、あたたかく迎えてくれた。

「それにしても久しぶりですねえ」

最も歳がいっている町役人が笑みを浮かべる。

「皆に会うのは久しぶりだが、町にはさっき来たばかりなんだ。ここは行きすぎちまったが」

「えっ、そうなんですか」

すぐさま一人が合点した顔になる。

「橋田屋さんですね」

「うむ。ききたいことがあって来た」

「手前どもが答えられることでしたら、喜んでお答えしますよ」

他の四人が深くうなずく。

ありがてえ。つぶやいて丈右衛門は五人の町役人を見渡した。

「橋田屋の甚六だが、親しい者はいなかったか」

一人がむずかしい顔で腕を組む。

「ええ、あまり人づき合いのいいほうではありませんでしたね。それに無口でしたから、友といえる人が果たしていたのかどうか」

「そうですね。町の寄合なんかでも口をきいてるところ、あまり見たことないですし」

ほかの三人も同じような表情だ。

「取引先はどうだ。親しくしていた店を知らんか」

「どうなんでしょうねえ。親しい人、いたんですかね。町内に紙屋さん、いますからお会いになりますか」

丈右衛門は、自身番に呼んでくるというのを制し、自らその店に向かった。一人の町役人についてきてもらい、紹介の労をとってもらった。

はかばかしい答えは得られないかと思っていたが、紙屋のあるじは、橋田屋さんと親しい店はありますよ、とあっけなくいった。

「親しいといっても、もちろん取引上のことでしょうけど」

あるじは三軒の名をあげ、詳しい場所も教えてくれた。

恩に着る。丈右衛門は店をあとにした。

丈右衛門は続けざまに三軒の紙問屋を訪れた。

いずれの店もすでに町方役人の訪問を受けていた。訪れたのは、どうやら石堂一馬のようだ。

石堂がききこんでいったのは、甚六に親しい者がいないか、血縁がいるときいたことはないか、甚六がよく利用していた飲み屋や料理屋はどこか、そこに親しくしていた女がいないか、などだった。

さらには、最近の甚六の様子をきいていた。怪しい者につけられたりしていないか、妙な気配を感ずるとかいっていなかったか、なにか気がかりを抱えていなかったか。

そのいずれの問いにも、三軒の店のあるじは答えることができなかった。むろん、丈右衛門にも収穫らしい収穫はない。

ただ一つ得ることができたのは、紙漉きからはじめた甚六が橋田屋という店を持てるようになったいきさつだった。

ある一軒の紙屋が当主、跡取りもろともはやり病にやられ、相次いで病死したことがきっかけだった。その店は廃業に追いこまれ、その株を買い取ったのが甚六だったのだ。

その金の出どころを、同業の誰もが知らなかった。紙漉きだけで得られる大金でないのは明らかで、うしろ暗いことをやつはしてのけたのだ、という確信を丈右衛門は持った。

やはりやつはそういう男だったのだ。今回の一件は、そのつけを払わされたと見るべきだろう。

帰すべきではなかった。

強い後悔が再び胸を締めつけてくる。

いったいどこにいるのか。

無事でいてくれ。丈右衛門は叫びたかった。

その思いを封じ、次はどうするべきか、冷静に考えようとした。

いい考えは浮かばなかった。焦りがじっとりとした汗とともに体を包みこむ。

俺はなにか忘れているのでは、という気が不意にわいてきた。

なにを忘れているのか。

道のまんなかにたたずみ、頭のなかをほじくりだすような気持ちで考えた。

思いだしたのは、この前、店で会ったとき、見えていたお知佳の陰だ。

あれはなんだったのか。俺はずっと気にしていたのだ。

なにを話しているときだったか。そうだ、甚六の妾のことだ。

お知佳は、甚六に妾がいることを薄々察していたのではないか。

まちがいない。家に戻ったばかりなのにまた夫によそに女がいるなど、お知佳はさすがにいえなかったのだろう。

丈右衛門はぎりと唇を噛んだ。

甚六やお知佳、お勢は今、その女のもとに身を寄せているのだろうか。

とにかく妾がどこにいるのか、捜しだすことが先だ。

どこに世話をさせたのか。南本所松井町の口入屋か。

ちがう。それだったら、あのあるじもそのことについてなにかいっていたはずだ。

丈右衛門は、訪問したばかりの三軒の紙問屋を再び訪れた。

手応えがあったのは、二軒目の商家だった。そこのあるじが一月以上も前、妾のことで甚六にきかれたことがあるのを思いだしたのだ。

「実を申しますと、手前は三人囲っておりまして、寄合の席で、どちらの口入屋に頼んでいるのです、と橋田屋さんがいってきたのです。手前は、懇意にしている口入屋を教えましたよ。そのあと橋田屋さんが行ったかはわかりませんけど」

丈右衛門はその口入屋に向かった。

もう日は大きく傾いて、風が冷たくなってきている。丈右衛門は汗が冷えてきたのを感じ、襟元をかき合わせた。

口入屋に足を踏み入れる。なかは夕暮れが忍びこんできたように暗かった。

ちょうど店のあるじらしい男が、土間の行灯に火を入れようとしていたところだった。

身分を明かした丈右衛門にあるじはかしこまってみせた。

「橋田屋さんにお妾ですか……」

その表情に、どこか心苦しさがあるように見えた。

「甚六に口どめされているのか」

丈右衛門がずばりいうと、あるじはどきりとした顔になった。

「ええ、実を申しますと」

「橋田屋のことは知っておるんだろう」

「ええ。いやはや驚きました」

「妾のことが甚六たちの居どころに即つながるものではないかもしれんが、手がかりにはなるかもしれん。おぬし、甚六に妾を世話したんだよな。妾はどこに住んでいる」

丈右衛門が強い口調でいうと、それに圧されたようにあるじは小腰をかがめた。

「橋田屋さんには、おちまさんという娘さんをお世話させていただきました」

甚六に対しどす黒い怒りがわいたが、丈右衛門は押し殺した。店主にきいた場所を目指し、竪川沿いを東へ歩く。

目指す地まではけっこうある。

甚六の野郎は、と丈右衛門は思った。お知佳にばれぬよう、知り合いにばったり会うようなことが滅多にない場所を選んだにちがいない。

妾の家は、中之郷出村《なかのごうでむら》の羅漢《らかん》道と呼ばれる、田んぼを南北に走っている道のもう一本東の道筋にあると教えられている。

羅漢道を西に見ながら、丈右衛門は足を進めた。羅漢道をまっすぐ行けば、五百羅漢で知られる羅漢寺に着く。右手に、寺のものらしい木々のかたまりが見えている。

口入屋のあるじの言は正確だった。

道からやや引っこんだところに木枯らしよけらしい深い林があり、それに抱かれるように一軒家が建っていた。

ここだな。丈右衛門はつぶやき、低い竹垣のあいだにつくられた枝折戸を入った。

なかなかこぎれいな家で、庭の横には青物を植えてあるこぢんまりとした畑があった。

丈右衛門は濡縁のあるほうにまわり、おちまさん、と訪いを入れた。

しかし返事はない。もう一度呼びかける。

やはり同じだった。

不在のようだな。いや、それとも甚六たちがいて、息をひそめているのか。

丈右衛門は家のまわりをじっと気配を嗅ぎつつ、一周した。

誰もいない、という確信を持った。この家は留守だ。

丈右衛門は道に戻り、まわりを見渡した。

あたりはほとんどが田んぼだが、はやくも土起こしに精をだしている百姓衆の姿が多く目についた。

そのとき、うしろから人が近寄ってくる足音がした。

丈右衛門ははっとして振り返った。鍬《くわ》を構えるように手にした三人の百姓だった。

「あのお侍《さむらい》、そちらの家になにかご用ですかい」

ややとんがった声だ。

「いや、おちまさんに会いたいと思ってきたんだが、近所の者か」

「ええ、おちまさん、今他出してるんで、留守を頼まれてるんですよ」

「他出だと。どこへ行った」

百姓たちは答えない。胡散臭《うさんくさ》げなものを見るような目を向けてきている。

丈右衛門は名乗り、身分を告げた。

「えっ。元はお役人ですかい」

三人とも身を引き気味になった。鍬をおろす。

「そうだ。今はしがない隠居だが。おちまさんは、ある者のお妾だよな」

「ええ、さようですよ。旦那らしい人は、そうですねえ、五、六日に一度、日のあるうちに来てそそくさと帰ってくんですけどね。おちまさんにきいても、秘密だって教えてくれないんですよ。ご隠居はご存じなんですかい」

「まあな。おちまさんはどこに行った。話がききたいんだ」

「いえ、実は――」

その百姓によると、川越《かわごえ》の実家の母親が急に倒れ、五日前から出かけているとのことだ。

ということは、と丈右衛門は思った。おちまは旦那の身に起きた惨劇を知らないということだ。

「病は重いのか」

「いえ、そこまでは知らないですけど、もともと肺の臓に持病があるようなこと、いってましたよ」

「いつ帰ってくるか知っているか」

丈右衛門は、すでに真っ黒に日焼けしている百姓にきいた。

「いえ、なにしろ相手が病ですからねえ、いつになるかわからないっておちまさんも悲しそうにいってましたよ」

「でもほら、前も同じことがあったけど、そのときは六、七日くらいで帰ってきたよな」

「ああ、そうだったな。――ですのでお侍、もしかしたら明日にでも帰ってくるかもしれませんよ」

そうか、と答えて丈右衛門はその百姓に言伝《ことづて》を頼んだ。

「帰ってきたら、必ずわしのところへ連絡をくれるようにいってくれ」

三

甚六はどこにいるのか。

結局、手がかりらしいものは一つとして得られず、文之介は帰路についた。

「いいか、みんな、今日は帰ってゆっくり疲れを取ってくれ。非番の者は、明日は必ず休むこと。一日休んでたっぷり英気を養い、また探索に戻るのだ」

又兵衛が、詰所に集まった同心たちを前にいった言葉だ。その言葉にしたがい、文之介ははやめに奉行所をあとにした。

そうはいってもとうに日は落ち、それと同時に肌を刺すような寒気が身を包みはじめている。冬の名残らしい冷たい風がいつからか強く吹きはじめているのだ。風に提灯が揺れるたびに、両側の塀や木々がゆらりと照らしだされる。

一際強い風が吹き通り、提灯が前に大きく振られた。

いくつかの小さな影が地蔵のように照らしだされ、文之介はぎょっとして足をとめた。

なんだ、と目をみはったが、すぐにほっとして力を抜いた。

「なんだ、おめえたちか」

文之介はいつもの六人の子供を見渡した。

「どうした、こんなおそくまでなにをしてる。親が心配するぞ」

子供たちはむすっとして、険しい瞳でにらみつけてくる。

「なにを怒ってるんだ」

いいながら文之介は気づいた。

「そうか、進吉のことか」

「文之介の兄ちゃん、どうしてちゃんと調べてくれなかったの」

仙太が錐《きり》のようにとがった口調でいう。

「進吉が風邪だっていったの、嘘だったんだよね」

「すまん」

文之介は謝った。そうなのだ。進吉がかどわかされたのがほとんどわかっていたのに、又兵衛に報告したのみで、文之介は本腰を入れて調べようとはしなかった。

もしあのとき自ら本気で探索に当たっていたら、結果はちがうものになっていたかもしれない。

「どうして嘘ついたの。おいらたちに心配かけたくなかったから」

「それとも、おいらたちのことなんかどうでもいいと思ってるから」

子供たちが口々にいう。文之介は、すまん、と謝るしかなかった。

「文之介の兄ちゃんが、おいらたちがいったときちゃんと調べてくれてたら、あんなことにならなかったのかもしれないのに」

「すまん、すまんばかりじゃなくて、なにかいいなよ」

「いや、なにをいったところで……」

まだ死んだと決まったわけではないのに、進吉の死顔が目の前の六人に重なった。文之介の目から涙がこぼれ出た。

「いや、なにも泣かなくても」

子供たちのほうがあわてはじめた。

「いや、俺が悪いんだ」

次から次へ涙が出てきた。ぽたぽたと雨粒のように地面に落ちてゆく。

「ちょっと、もう泣かなくていいよ、文之介の兄ちゃん」

「そうだよ。そんなに泣かれると、おいらたちが泣かせたみたいじゃないか」

「おいらたちが泣かせちまったんだよ」

もらい泣きしそうな顔で仙太がいう。

「でも、まさかこんなに泣き虫だとは思わなかったよな」

保太郎がのぞきこんできた。

「ねえ、おなか空いてない。そんなに泣くのはおなかが減ってるせいだよ」

「赤子じゃねえんだから」

あきれたような顔で仙太がいう。

「でも文之介の兄ちゃん、おいらたちより子供みたいなところがあるから」

「まあ、そうだな。ねえ、文之介の兄ちゃん、天麩羅蕎麦食いに行こうよ。おいらたちがおごるからさ」

文之介は泣き顔をあげた。

「おめえらにそんな金、ねえだろうが」

「全員の小遣い集めれば、二十文はあるよ。これなら足りるでしょ」

文之介は懐から手ぬぐいを取りだし、少し痛いくらいに顔をふいた。

「そんなのじゃ、一杯分にもなりゃしねえよ。それに、俺みたいな阿呆のためにつかわなくてもいい。せっかくの小遣いだ、自分たちのために大切につかえ」

しばらく子供たちは無言だった。

「返事はどうした」

「わかったよ、文之介の兄ちゃんがそういうんなら、そうするよ」

「うん、そうしとけ」

「ねえ、文之介の兄ちゃん」

寛助が見あげてくる。

「進吉は見つかりそう」

文之介は深くうなずいた。

「見つかるさ。今、一所懸命捜しているところだ」

「ねえ、俺たちも力を貸そうか」

仙太が瞳をきらめかせて申し出る。

「駄目だ」

かぶりを振って文之介は一蹴《いっしゅう》した。

「どうしてだよ」

全員が一斉《いっせい》に頰《ほお》をふくらませる。

「前もいっただろうが。おめえらを危ない目に遭わせたくないんだ。もしおめえらまで巻きこまれて行方知れずになっちまったら、俺はいったいどうしたらいいか」

「おいらたち、行方知れずになんかなりゃしないよ。危なくなったら逃げるからさ」

「駄目だ。頼むからやめてくれ。こんなに頼んでももし駄目だっていうんなら、勇七を呼んできておめえら全員、ふん縛ってもらうからな。それで番所内の牢につないでおく」

「本気でいってるの」

「当たり前だ。この目が本気に見えんか」

文之介はぎろりとにらみ渡した。

子供たちは顔を寄せ合い、相談をはじめた。

「どうも本気みたいだよ」

「おいらもそう思う」

「いや、脅しだって」

「でもちょっとおつむが弱いからさ、本気でやりかねないよ」

「そうかな。俺たちは子供だぜ。子供が牢につながれたなんて話、これまで一度だってきいたことないけどなあ」

「そういわれてみればそうだよなあ」

文之介はそばに寄った。

「おめえらが知らねえだけだ」

子供たちがびっくりしたように見る。

「番所にはそういうところがあるんだよ。だいたい悪さした子供に手を焼いて、親たちが連れてくるんだけどな。悪さをしなくなるまでずっと置いとくんだよ。たいていのやつは三日で音《ね》をあげっかな。いうこときかなけりゃ、鬼みたいな同心に鞭《むち》で容赦なくひっぱたかれるんだから、それも当然だけどな」

「でも文之介の兄ちゃん、よかったよ」

仙太がほっとしたような笑顔でいう。

「そんな冗談いえるくらいだから、元気が出てきたみたいだね」

四

しばらく子供たちと一緒に歩いて、文之介は八丁堀の組屋敷に帰ってきた。

「おまえ、なに腫《は》れぼったい目してんだ。なんだ、泣いたのか。お春に振られたか」

部屋に入ってゆくと、いきなり丈右衛門にいわれた。

「そんなのじゃ、ありませんよ。ちょっともらい泣きしちまっただけです」

「もらい泣きだと。どうして」

「それは……いいたくありません」

「そうか。なら無理にはきかん」

文之介は丈右衛門を見つめた。

「父上こそ、ずいぶん疲れた顔、されているじゃないですか」

「しょうがあるめえ。実際、疲れてんだ」

「どうされたんです」

「いろいろ調べたんだよ」

「調べたっていわれますと。甚六のことですね」

「そうだ。文句あるか」

「いえ、ありません。――父上はご存じですか。いや、ご存じないか。今朝、はやく出られたようだから」

「なんだ。もったいぶらずにいえ」

文之介は見澤屋のことを告げた。

「みさわ屋だと。同じ手口でやられたって、その店は橋田屋となにかつながりがあるのか」

「まだはっきりとはつかめていませんが、まちがいなくあると思います。見澤屋のあるじは進五郎といってこちらは無惨に殺されてしまったのですが、進五郎も甚六と同じ陸奥なまりがありましたから」

「同じ土地の生まれということか。――だが文之介、おまえ、なにゆえ甚六が陸奥なまりだってことを知っている。近所の者にきいたとかそういうことではない口ぶりだな。もしや会ったのか」

文之介はどういうことか、隠し立てすることなく話した。

「わしが心配でお知佳さんに会いに行ったか。余計なことをする」

丈右衛門は下を向いていったが、迷惑そうな響きはなかった。

「文之介、ここはどうだ。お互い、つかんだことを見せ合わんか。意地を張っているときではなかろう。事件を解決に導き、甚六たちを見つけだすことこそなすべきことではないのか」

その通りだ。さっき会ったばかりの子供たちの顔が浮かぶ。あの子たちのためにも、進吉を一刻もはやく見つけなければならない。

「でも、それがしがつかんでいることなど、一つもありません。これは父上に手のうちを見せたくないなどという、せせこましい気持ちからでは決してありませんよ」

「よくわかってる」

丈右衛門は深くうなずいてくれた。

「わしが今日つかんだことを教えよう」

丈右衛門が口にしたのは、甚六の妾のことだった。

「なるほど、甚六にはほかに妾がいたんですか。確かに、その妾が甚六についてなにか知っているというのはあり得ますね」

「しかし川越だ。いつ戻るかわからんのはちとつらいな」

「こちらで川越へ人をやりましょうか」

「そうしてくれ。もしかしたら無駄足になるかもしれんが。実家がどこかは、口入屋かおちまの近所の百姓にきけばわかるだろう」

「わかりました。明日、さっそく手配します。それにしても父上、この二つの事件、どういうことだと思われます」

「父上もやはりそう思われましたか」

「――復讐《ふくしゅう》だろうな」

丈右衛門が満足そうに見やる。

「甚六と進五郎、その二人はうしろ暗いなにかをしでかしたんだ。それで得た金を元手に、今の商売をはじめたんだろう」

「二人が商売をはじめたのは、十一年前ですね。下手人がそれだけのあいだ待ったわけはなんだと」

「そんなのは簡単さ。二人が見つからなかったんだ。長いこと捜し歩いて、ようやくめぐり合えたんだろう」

「めぐり合えたきっかけは、なんだったんですかね」

「わからんな。それがわかれば、きっと下手人にたどりつけるだろうよ」

「では、父上行ってまいります」

文之介はいつもよりはやめに出仕の挨拶をした。丈右衛門は、うむ、と返してきた。

「父上は今日どうされるのです」

「わしはここでおちまの使いを待つつもりだ。わしとしては、今日、おちまが帰ってきてくれるのを祈るしかできることはなさそうだ。探索はおまえにまかせる。しっかりやれ」

父の信頼がうれしく、ありがたかった。胸が熱くなったが、その思いを面にだすのは気恥ずかしく、文之介はさりげなく頭を下げてその場をあとにした。

屋敷の外に出る。空は曇っており、そこに太陽があるのだろう、という低いところがかすかに橙色に染まっている。梢《こずえ》を飛びまわる小鳥たちは日に日に大気があたたかみを増してゆくのをことのほか喜んでいるようで、冬とはくらべものにならないほどかしましくさえずっている。

文之介以外にも、まだはやい刻限にもかかわらず奉行所を目指す人が何人かいる。そういう人と挨拶をかわしつつ、文之介は足をはやめた。

奉行所に着くや、又兵衛の部屋に行った。又兵衛は配下の同心たちが出仕する半刻前には必ず来ている。

「おう、文之介、はやいではないか」

部屋の前の廊下から襖越しに声をかけると、応えが返ってきて招き入れられた。又兵衛は笑みを浮かべている。

「しかし、本当にどうした。なにかあったのか」

文之介は又兵衛の正面に正座し、父がつかんだ妾のおちまのことを話した。

「ふむ、そうか。よし、わかった。さっそく川越に使いをやろう」

又兵衛がぱんぱんと大きく手のひらを打ち合わせると、又兵衛づきの小者があらわれた。

自分以上に若く、利発そうに両の瞳が輝いている。それに、身のこなしが鳶《とび》の者のようにすばやそうで、いかにも又兵衛が好んでつかいそうな男だ。

「お呼びでございますか」

又兵衛は小者に用件を告げ、文之介に向き直った。

「文之介、この者にそのおちまの家を教えてやってくれ」

文之介は昨夜、丈右衛門からきいた場所をできるだけ詳細に話した。頭にその場所を刻みこんだ様子の小者は又兵衛と文之介に一礼してから、襖を閉めて去っていった。

「やつにまかせておけば、大丈夫だ。機転はきくし、なんといっても足がすばらしいんだ。飛脚にだってなれるほどだ。なにしろ一日二十里は楽に走るからな」

「それはすごいですね」

もっとも、飛脚でも最高の者は一日四十里を駆けるといわれている。

又兵衛が見つめてくる。

「文之介、今日はどうする気だ」

「きっかけを探りたいと思っています」

「きっかけというと」

うなずいて文之介は話した。

「なるほど。橋田屋、見澤屋、この二つを下手人が襲うことができたのは、確かにきっかけがあったからだな。しかもそれは最近のことといっていい。——ふむ、いったいなにがあって見つけだすことができたのか。丈右衛門のいう通り、それがわかれば下手人捕縛に一気につながるかもしれんな」

詰所に戻った文之介は、さて今日はどこを当たるべきか、と考えた。

きっかけを探るとえらそうにいったところで、うまい考えは浮かんでこない。

文之介は頭を殴りつけた。

それでもなにも浮かんでこない。頭の悪さがうらめしかった。

父上は、と文之介は思った。こういうふうに行きづまったときはなかったのだろうか。

いくら父でも、そんなことはあり得なさそうに思える。

父もこうして何度もつまり、そのたびに必死に頭を働かせ、体を動かしてきっと打開してきたのだろう。

俺もそうすべきだ。

甚六や橋田屋、進五郎、見澤屋に関して見落としていることはないか。

ふと、光が頭の中を走った気がした。今のはなんだ。文之介は腕を伸ばし、必死につかもうとした。

また光が走る。文之介はがっちりとそれをつかんだ。

そうだ、見澤屋だ。

飛びの三吉。あの男は見澤屋に侵入している。

いや、待てよ。文之介は進五郎から事情をきいたときを思いだした。

金以外に盗まれた物はないか、俺はきいた。進五郎はないといったが、本当はあったのではないか。進五郎はいかにも微妙な顔をしたではないか。

実は人にいえない物が盗みだされ、それが下手人の手に渡ったとしたら。

飛びの三吉に会うべきだろう。文之介は詰所を出、ちょうどやってきた勇七に会った。

勇七は文之介の考えに賛意をあらわしてくれた。

「今、飛びの三吉の野郎はどこにいるんだ」

「大番屋でしょう」

「どこのかな」

「たぶん、三四の番屋か茅場町の番屋のどちらかだと思いますが」

「じゃあ茅場町の番屋から行ってみるか」

「いえ、調べてからのほうが無駄足にならずにすむと思いますよ」

勇七の勧めにしたがい、文之介は番方の同心に、飛びの三吉がいる大番屋がどこか調べてもらった。

「よし勇七、行くぞ」

門のところで待っていた勇七に声をかけ、歩きだす。

「結局どっちだったんです」

「この顔見りゃ、わかるだろう。おめえのいう通りにしてよかった、っていうことさ」

三四の番屋に着いた。門のところに勇七を残して文之介はなかに入った。係の者に飛びの三吉を呼びだしてもらう。

穿鑿所《せんさくじょ》にやってきた飛びの三吉はやつれて見えた。

「ああ、こりゃ、あっしをとっつかまえた旦那でしたか。こんな朝っぱらからなんの用です。いや、その前にこれをはずしてもらえねえですかね」

体をひねって、うしろ手に縛られた縄を見せる。

「駄目だ。それにおめえなら取っちまうのなんか、たいしたことじゃなかろう」

「肩の骨なら自在なんですが、手首は無理なんですよ」

「試しにやってみたらよかろう」

「そりゃ、冷たすぎやしませんか」

「そんなところに突っ立ってねえで、まあ、座れ」

飛びの三吉は正座した。

「意外に礼儀正しいんだな。膝《ひざ》を崩していいぞ」

そうですかい。喜色をあらわにして、あぐらをかく。手の縄のせいでかなり窮屈そうに見える。

「用ってのはなんですかい」

飛びの三吉がにやりと笑う。

「もしや仏像のことじゃありませんか」

文之介は目をみはりかけたが、すぐに表情をなにげないものに戻した。

そういうことだったか。あの沢之助の仏像はもともと見澤屋にあったものだったのだ。

「どうしてそう思う」

文之介はさりげなくきいた。

「だって見澤屋が殺されたんでしょ」

「どうして知ってる」

「そのくらい、ここにいりゃあ耳に入ってきまさあね」

飛びの三吉がすくうような目で見る。

「仏像が見澤屋の事件の発端で、旦那も気がついたんでしょ。もし気がつかなきゃ、あっしのほうで御番所のほうに使いをだしてもらうつもりでいましたがね。小伝馬町《こでんまちよう》送りになったら、まちがいなくこっちが寒くなっちまうんで」

体を曲げて、首筋を文之介に見せつけるようにする。

「でもおまえ、この前つかまったところの盗みしか白状してねえそうじゃねえか。あれだって実際には盗んじゃいやしねえ」

「当たり前ですよ。その前に頻発した盗みまで押しつけられたら、本当に首、刎《は》ねられちまいますからねえ」

文之介は身じろぎし、目の前の盗人を見つめた。

「おめえが仏像の件だってわかってるなら、話ははええや。あの仏像を盗み取ったのは見澤屋からだな」

「さあ、どうですかねえ」

「とぼけるのか」

「ねえ、旦那」

瞳に小ずるさを浮かべて飛びの三吉がいう。

「旦那に教えるのはけっこうなんですが、ただし条件があるんでさ」

「どんな」

「刑を軽くしてもらいてえ」

やはりな、と文之介は思った。

「そんなことできるか」

「できますって。実際に、仲間を売ることで何人もの野郎が死罪をまぬがれてるじゃねえですか」

確かにその通りだ。

「しかし俺の一存では無理だな。だが、おめえの言葉が本当だと明かされ、事件解決につながればきっと罪は減じられよう」

「あっしは本当のこと、いいますよ。それが事件の解決に結びつくかは、旦那の腕次第ってことなんでしょうけどね」

文之介は勇七に事情を話し、大番屋に又兵衛を連れてきてもらった。

一度牢に戻されていた飛びの三吉がまた穿鑿所にやってきた。

「この人が旦那の上役ですかい」

又兵衛を見て、きく。

「なかなか話のわかりそうなお顔、してるじゃねえですか」

「どうだかな」

又兵衛がつまらなそうに首を振る。

「おめえの話が本当に下手人捕縛につながるのなら刑を減じよう。約束する」

「命の心配はなくなるんですよね」

「そういうことだ」

「ありがてえ」

あからさまに安堵の色をあらわにした飛びの三吉が話す。

「そちらの旦那のおっしゃる通り、あっしが仏像を盗みだしたのは、見澤屋からです。それをいつものように故買屋のとき屋に持ちこみました。土岐造からは、ああいうちっちゃな仏像があれば買うから、っていわれてたんでね」

「それで」

飛びの三吉を見据えて又兵衛がうながす。

「その前に茶を一杯、いただきてえんですが。喉が渇いちまいましてね」

よかろう。又兵衛が立ちかけたので、文之介は代わって立ち、外の者に茶を頼んだ。

すぐに茶がやってきた。

「できたらこの縄、はずしてもらえんですかね。飲みにくくてしょうがないですよ」

ふむ、と又兵衛が鼻を鳴らす。

「わしが飲ませてやるよ」

湯飲みを持ち、飛びの三吉の口許に持ってゆく。さほど熱くないようで、飛びの三吉はうまそうにすすっている。

「満足したか。続けろ」

空になった湯飲みをかたわらに置き、又兵衛がやや厳しい顔で命じる。

わかりました。飛びの三吉がうなずき、再び話しだした。

やがて少し紅潮した顔で、語り終えた。

文之介の心をとらえたのは、その覆面の男に飛びの三吉が無住の神社に呼びだされ、どこから仏像を手に入れたか、きかれたところだった。

「その覆面の男はどんな男だ」

又兵衛が瞳を光らせて、問う。

「いやあ、顔はもちろんわからないですが、体はがっしりしてましたね。肩幅なんかすごくて」

「声はどうだ」

「低い声でしたね。きいてる相手を不安にさせるような底力のある、っていったらいいでしょうかね。それに、陸奥なまりがありましたよ」

沢之助だ。文之介は直感した。

「どうした、文之介」

文之介が顔と体を緊張させたのを目ざとく見抜いて、又兵衛がただす。

文之介はそこに飛びの三吉を置いて、又兵衛を穿鑿所の外に連れだした。

五

「さっそく行ってこい」

又兵衛の声に背を押されるようにして、文之介は勇七とともに沢之助の家に向かった。

「沢之助が橋田屋や見澤屋を襲ったんですかね」

歩きだしてすぐに勇七がきいてきた。

「まずな。そして今も甚六たちの行方を追っているんだろう」

「とすると……」

「ああ、やつは家にはいねえかもしれねえ」

それがわかっていたからこそ又兵衛も文之介たち二人で行かせたのだ。

案の定、沢之助は出かけていた。

「いつからいねえんだ」

文之介は子分にきいた。

「もう三日になりやす」

「行き先は」

「いえ、きいてません」

「やつが転がりこみそうなところは」

「存じません」

文之介たちは家にいた子分たちすべてにきいたが、誰一人として沢之助の行方を知る者はいなかった。

「こんなことはよくあるのか」

子分のなかでも上位らしい男にたずねる。

「いえ、親分になってはじめてですよ」

「やつはいつ親分になった」

おそらく十一年前、甚六と進五郎を追って江戸に出てきたはずだ。陸奥から出てきて右も左もわからなかったはずの男が、どうして三十人からの子分を預かる親分になれたのか。

「五年ばかり前ですかね」

「ほう、六年やそこらで親分にのぼりつめたのか」

文之介は感嘆した。うしろで勇七も驚いたような顔をしている。

「成りあがったいきさつを話してくれ」

「ええ、とにかく喧嘩が強いってことですかね。命知らずなんですよ」

「そんなに強いのか」

「ええ、親分が出入りに出れば勝ちは約束されたみたいなものでしたから。親分の働きでいくつも縄張が手に入ったんですよ。それに今じゃあ、他の一家は親分の強さに怖れをなして手をだしてこようとしませんしね」

「前の親分は」

「もう四年ばかり前に亡くなりました。隠居してすぐのことでしたよ。病です」

「親分に跡取りは」

「ええ、産ませた子は何人もいたんですけど、みんな残念ながら育ってはくれなかったんですよ」

これ以上、子分どもに話をきいても得られるものはなさそうだ。

「沢之助の仏像を見せてくれ」

「えっ、あの、勝手に入らないようきつくいわれてるんですよ」

「案ずるな。おめえたちの代わりに、俺があとで謝っといてやるよ」

文之介と勇七は奥に行き、仏像を見た。

一番手前の段のまんなかがぽっかりとあいている。

「あの仏像はないですね」

顔をしかめて勇七がいう。

「ああ、たぶん肌身離さず持っているんだろうよ。——よし、戻るか」

文之介は沢之助の家をあとにしようとして、子分たちに告げた。

「戻ってきたら沢之助にいっとけ。番所に必ず顔をだせってな」

文之介は道に出た。

「しかし旦那、顔、だしますかねえ」

「だすわけねえな。それに、あの家に帰ってくるかどうか」

「復讐を終えたら死ぬ気ってことですか」

「それも考えられるが、俺たちが目をつけてることはもうわかってると思うんだ。それなのにのこのこ戻ってくるとは、とても思えねえんだよ」

なるほど。勇七が相づちを打つ。

「ところで旦那、どこへ行こうと」

「いや、沢之助って野郎はいったい何者なんだと思ってさ。誰か知らねえかなって思っていたんだが」

「ご隠居はどうです」

「知ってるかもしれんが、また屋敷に戻るのはちと億劫《おっくう》だ」

勇七がしげしげと見る。

「もう心当たりがある顔ですね」

「まあな。それに腹も減ってきたからちょうどいいや」

着いたのは、例の名もないうどん屋だ。

「いらっしゃい。今日はいつもよりおはやいですね」

厨房から顔をだして親父がいう。

「まあな。うめえうどんも食いたいが、おまえさんにききてえことがあって来たんだ」

文之介は、まだときがはやいせいか、客の一人もいない座敷の端に腰をおろした。横に勇七が座る。

「どんなこってす」

「まずは注文を先にするよ。いつもの冷たいやつを二つ頼む」

「ありがとうございます」

茶を置いて親父は厨房に引っこんでいった。

しばらくしてうどんを二つ、持ってきた。

文之介と勇七は、だしをぶっかけてうどんを豪快にすすりあげた。

うまかった。やはり腰が強く、それにだしも実にうまい。麺に負けない旨みがある。

「ご満足いただけましたか」

「ああ、こいつのこの顔見りゃ、よくわかるだろ」

文之介は勇七を指さした。

にやりと笑って親父が座敷の端に腰かけた。

「おききになりたいって、なんです」

茶を喫して文之介は話した。

「ああ、沢之助の親分ですか。ええ、存じてますよ。会ったことはないんですが」

親父が語ったのは、文之介たちも知っていることだった。

「前身は」

「それがわかってないんですよ。陸奥なまりがあるのはあっしも知ってますが、それ以上のことは。いきなり風に運ばれたみたいに江戸にあらわれた感じだって、沢之助親分に叩き潰されたやくざ者の一人がいってましたね。あっしもまったく同感です」

六

天井のしみがくにゃりと形を変え、お知佳の顔に見えた。

腕枕《うでまくら》をしている丈右衛門はまじまじと見つめ、どこにいる、と問いかけた。

むろん、答えは返ってこない。

無事なのか。

当たり前だ、と丈右衛門は思った。生きているに決まっている。

起きあがり、あぐらをかく。

ただ待っているのはつらい。それでも、動くより待つほうが大事というのはこれまで何度も経験している。

丈右衛門は空腹を感じ、今何刻だろう、と考えた。

障子をあけ、外を見る。驚いたことにもう暮れはじめていた。

一日なにも食わずにいた。腹も減るわけだ。

台所に行き、釜をのぞいた。なにもない。そういえば文之介は今朝、飯を食わずに出ていったようだ。

まいったな。

丈右衛門は頭をぼりぼりかいた。

また外に目をやる。この分だとあらわれんか。

いくら待つほうが大事といっても、さすがに一日なにもしないでいるというのは、むなしさが募る。

濡縁のある庭のほうで、女の声がした。

来たか。丈右衛門は急いで向かった。

腰障子をひらく。

「あれ」

丈右衛門は力が抜けた。そこにいたのはお春と実緒だった。

「あれ、っておじさま、誰を期待していたんです」

「そうよ、父上」

丈右衛門は頭をかいた。

「まあ、二人ともあがれ。——ちょうどいい。飯をつくってくれんか。朝からなにも食ってないんだ」

お春と実緒は手ばやく飯を炊き、魚も焼いてくれた。

丈右衛門はがつがつ食った。

「おじさま、どうしてなにも食べずにいたんです」

丈右衛門の健啖《けんたん》ぶりに、目を丸くしつつお春が問う。

「人を待ってたら、食い忘れた」

丈右衛門は豆腐の味噌汁をずずっと飲み干した。ようやく人心地ついた気分だった。

「助かったよ。よく来てくれた」

「そんなのはいいんですけど」

実緒が不思議そうにきく。

「待ち人ってどなたです」

丈右衛門は理由を話した。

「そのお妾さんを……でもどうして父上がその事件に肩入れなさるんです。文之介では駄目なんですか」

「そんなことはない。文之介は一所懸命やってる」

お春が瞳を光らせた。

「橋田屋さんて、お知佳さんの家じゃないんですか」

丈右衛門には否定する気などなかった。

「そうだ。お知佳さんはやっと家に帰れたのにどこかへ行ってしまった。連れ去られたのか、それとも自ら姿を消したのか、それすらもわからん。わしはどうしてもお知佳さんを捜しだしたいんだ。そうしないと、不幸にするために帰したことになってしまう」

「好きなんですか」

お春がずばりきいてきた。

「馬鹿をいっちゃいかん。お知佳さんは人の妻だ」

「でもおじさまは、その甚六って人がお知佳さんにふさわしくないって考えてらっしゃるんでしょ」

「そんなことはない」

丈右衛門は実緒に目を向けた。

「実緒、おまえ、前より太ったか」

実緒が笑い、お春がぷっと吹きだす。

「なんだ、二人ともなにがおかしい」

「おじさま、現役の頃は千里眼と謳《うた》われたってききましたけど、自分の娘さんのこともわからないんですね」

「なんだ、どういう意味だ」

口にしてから丈右衛門は気づいた。

「えっ、実緒、そうなのか」

「ええ、そうです」

「いつ生まれるんだ」

「夏です」

「男か女か」

実緒が苦笑した。

「わかりません」

「そりゃそうだな」

丈右衛門は顎をなでさすった。

「どっちでもいいな。健やかに生まれてくれさえすれば。婿《むこ》には話したのか」

「ええ。というより、話す前に気づきました。父上だけですよ、気づかなかったのは」

「なんだ、そうだったのか。じゃあ文之介にもわしはおくれを取ったのか」

腹減ったな。

文之介はよたよたとした足取りで玄関を入った。時刻は、五つをとうにすぎているだろう。組屋敷内はいくつかの屋敷から漏れこぼれる灯りを除いては、ほとんど真っ暗といっていい。

「おそかったな」

丈右衛門が気がかりそうに声をかけてきた。

「お春も待っていたが、おまえが帰ってこないんで、わしが送っていった」

「そうでしたか」

文之介は、おちまの件を伝えた。

結局、おちまの実家へ行った又兵衛の使いはおちまに会うことはできなかった。もう母親は本復し、おちまは家へ向かったのだ。

それならと文之介は日が暮れてからおちまの家へ行ってみたのだが、おちまは不在だった。どうやら川越から江戸に戻るにあたり、どこかで一泊したようだ。女の足では無理もないかもしれない。

「そうか。なら明日にでもわしが行ってみよう。文之介、飯は」

「まだです。死にそうです」

「簡単に死にそうなどと口にするんじゃない。本物の飢饉に遭った人のことを考えてみろ」

申しわけございません。文之介は素直に謝った。

「お春と実緒が用意してくれた。食え」

文之介は台所に行き、むさぼるように食べた。山盛り三杯の飯を食し、櫃を空にした。熱い茶を飲んで、ようやく生き返った気分になった。

居間に戻る。

「なにか手がかりがあったか」

丈右衛門がさっそくきいてきた。

向かいに正座した文之介は、飛びの三吉からきいたことを話した。

「ふむ、その飛びの三吉という盗賊を呼びだした男がいたのか……。文之介、飛びの三吉がなじみにしていた店には」

「行ってきました。女将に、沢之助の人相書を見せましたが、はっきりしませんでした。ほっかむりをしていたそうで、似ているような気がするといった程度です」

「今、そいつを持ってるか」

ええ。文之介は懐から取りだし、差しだした。

受け取った丈右衛門はじっくり眺めている。

「やはりこいつだったか。左頰の傷が特徴だよな」

「ご存じでしたか」

「一度だけ会ったことがある。あれはもう七年くらい前かな、ある賭場で人殺しがあったときだ。その賭場に出入りしていた者に片《かた》っ端《ぱし》からあたっていたときに出会ったんだが、目がとにかく鋭かったな。あれはなにかを秘めてる目だと思ったが」

言葉を切る。

「しかし仏像か。なんだろうな」

丈右衛門が考えこみ、やがて口をひらいた。

「他の仏像は、その仏像を手に入れるために集めたんだな」

「それがしもそう思います。その仏像はなにか沢之助にとって意味があるもので、ずっと捜し続けていたんでしょう」

文之介は首を縦に動かした。

「進五郎の子の進吉をかどわかしたのも沢之助ですね。おそらく片割れの名をききだすためにしたのでしょうが、でもどうして先に進五郎を殺さなかったんでしょう。甚六と同じ晩に襲いましたよね」

「先に進五郎たちを殺せば、甚六が警戒するからな。進吉をかどわかしたのも、もし甚六に注進したら子供を殺すぞ、との脅しだったにちがいない」

丈右衛門が見つめてきた。

「とにかく沢之助を捜すことだな。わしは甚六を見つけだす」

おまんが心配そうな目で見つめている。

「大丈夫なんですか」

「大丈夫さ」

沢之助は小さく笑みを見せた。

「でも……」

おまんが部屋の隅にちらりと目をやる。

「案ずるな。じき、すべて終わる」

沢之助はごろりと仰向《あおむ》けになった。

どうするか。甚六はどこにひそんでいるのか。

狩りの経験から、どこにひそんでいようと捜しだす自信はあった。だが、やはり江戸と山のなかとでは勝手がちがった。

見つからない。沢之助は左頬の傷に触れた。これは狩りに出て五年目、これまでで最も巨大な熊《くま》を仕留めたときにやられた傷だ。

しかしどうすれば甚六を捜しだせるのか。焦燥の炎がちりちりと全身をこがしている。

そうだ。沢之助はがばっと起きあがった。おまんがその勢いに驚く。

「そうか、その手があったな」

沢之助は一人つぶやき、深くうなずいた。

七

相変わらず沢之助の居どころは知れない。しかし沢之助は今もどこかにひそみ、甚六が動きだすのをじっと待っているにちがいない。

「でもなにか引っかかるんだよなあ」

道を歩きつつ文之介はいった。

「なにがです」

勇七がうしろからきいてくる。

「いや、甚六なんだけどよ、一度会ってるんだよな」

「ええ、そうですよ。前に橋田屋を訪ねたじゃないですか」

「いや、店でじゃねえんだ。どこかよそでだ」

「よそですか」

勇七が怪訝そうに首をひねる。

「俺が甚六を見たそのあたりに、やつはひそんでるんじゃねえのかな、と思ってるんだけどちがうかな。どこだったかなあ」

「旦那、はやく思いだしてくださいよ」

「せかすな」

文之介は往来のまんなかで立ちどまり、頭をかきむしった。そんな定町廻り同心の姿を見て、驚いたような目で町人が行きすぎてゆく。

「駄目だ、思いだせねえ」

「頭、殴ってみましょうか。これで子供の頃、忘れてた人の名が出てきたことがあったじゃないですか」

勇七が拳を握り締めている。

「確かにそんなこと、あったな。でも勇七、まじめな顔でいうんじゃねえよ。あのときはたまたまだ。あれ、でもあのときは誰の名を忘れたんだっけな」

「もう亡くなっちまいましたけど、近所の蕎麦屋の親父ですよ」

「ああ、そうだ。一光庵《いっこうあん》のはげ親父だ。でも、なんで蕎麦屋の親父の名を思いださなきゃいけなかったんだ」

「くだらない話ですよ。思いださなくても大丈夫です。それより、どこで甚六を見たのかが先ですよ」

「いや勇七、教えてくれ。気になって集中できねえ」

「わかりました。でも本当にくだらないですからね、気を落とさないでくださいよ。──八丁堀界隈《はっちょうぼりかいわい》で誰の頭が一番輝いているか。近所の仲間といい合って、いろいろ出てきたなかで旦那が口にしようとしたのが一光庵の親父ですよ。名は確か──」

「睦之助《むつのすけ》だったな。でも、本当にくだらねえな。子供の頃はそんなこと、向きになっていい合うんだよな。誰が一番かって、わざわざみんなで見に行くんだよな。わけがわからねえや」

「満足したみたいですね。さあ、はやく思いだしてください」

「おい勇七、おめえは誰が一番だっていったんだ」

「誰だっていいでしょう」

「いや、是非きいてえな」

「……下田屋《しもだ》の甲斐吉《かいきち》さんですよ」

「ああ、あの隠居か。あれは光ってたなあ。あの隠居が一番になったんじゃなかったか。でも、この前亡くなったってきいたな。こうしてみると、みんな、どんどん死んでってしまうよな」

文之介はしんみりとした。

「いや、旦那、亡くなった人を偲《しの》ぶのはいいですが、仕事に戻りましょうや」

「そうだな」

文之介は再びどこで甚六を見たのか、考えはじめた。

「文之介さま」

いきなり横合いから声がかかった。この少ししわがれたような声の持ち主は。

文之介ははっとして顔をあげた。

「お、おう、お克じゃねえか」

お克が巨体を折り曲げ、一礼する。供の帯吉がうしろに控えている。

「偶然ですわね、文之介さま。こんなところで会うなんて、私たち、やっぱり見えない糸でつながっているんじゃないでしょうか。いえ、もっと太い綱のようなものかもしれませんわね」

口に手を当て、ほほほと笑う。

「いや、そんな綱みてえのがつながってるんだったら――」

はやいとこぶった切りてえもんだな、と続けようとした言葉を文之介はのみこんだ。

しかし、今日も化粧はすさまじい。やわらかな日が穏やかに降り注いでいるのに、真夏の陽射しをまともに浴びたようにぎとぎとして見える。

勇七は勇七で、ぽかんと口をあけ、とろけそうな瞳でお克を見ていた。

そのあまりのだらしない表情を目の当たりにして、文之介は反省した。

俺ももしかして、かわいい娘っ子を見たときこんな締まりのねえ顔、してんじゃねえだろうな。

「あの、文之介さま、事件は解決しそうですか」

お克が控えめな口調できく。

「いや、まだだな」

「そうですか。あの、お食事の件なんですけど、文之介さまはなにがお好きでしたっけ」

「俺か。俺はこの勇七とちがってほとんど食うものがねえんだ。世の中、きらいなものばっかりであふれてる」

「旦那、あっしは確かに好ききらいなんてありゃしませんよ。旦那だって――」

文之介はあわてて勇七に向き直った。ささやきかける。

「馬鹿、ぺらぺら本当のこと、いうんじゃねえよ。俺はおめえのためを思って断ろうとしてんじゃねえか」

「本当にあっしのためですか」

「そうだよ。俺はおめえとお克をなんとかぶっとい綱でつなげてあげてえ、と思って一所懸命になってんだ」

「ぶっとい綱ってのは、なかなかいい響きですねえ」

こんなので機嫌が直りやがったか。簡単なもんだな。誰に似やがったんだ。

文之介はお克を見た。

「というわけなんだ。だから、食事の件は――」

「ああ、そういえば、文之介さま、お蕎麦がお好きなんですよね。前、そのようなこと、おっしゃってましたよね」

「いったかな」

「ちょっと離れてるんですけど、おいしいお蕎麦屋があるんです。そちらではいかがですか。江戸では珍しい太めの麺で、腰のあるそれはそれはおいしいお蕎麦なんですけど」

「蕎麦屋だと」

文之介は険しい目をした。

「おいやですか」

「いや、ちょっと待ってくれ」

文之介は目を閉じた。はっとしてうしろを振り返る。

「おい勇七、この前行った蕎麦屋、なんていったっけな」

「この前ですか」

「あの、ぶっとい蕎麦のとこだよ」

「ああ、あそこでしたら葉志田ですよ」

「そうだ、葉志田だ」

文之介は深くうなずいた。

「甚六はあの店だ」

勇七が目をみはる。

「どうしてわかるんです」

「甚六の店の名はなんだ」

「えっ。それは橋田屋……」

ああ、そうか、と勇七が大きく首を上下させた。

文之介はお克に相対した。

「ありがとうよ。お克のおかげで、事件が解決できるかもしれねえ」

文之介はだっと走りだした。勇七がお克に深く頭を下げてから続く。

「あの店の女将、甚六の妹だな」

はやくも息を荒くさせつつ文之介はいった。女将に見送られ、暖簾を払っていったがっちりとした肩を思いだしている。あれが甚六だったのだ。

「なるほど、そういうことだったんですね」

勇七が相づちを打つ。

「じゃあ、甚六たちは親子三人であの店で息をひそめているんですね」

「おそらくな」

「まだ沢之助は嗅《か》ぎつけてないですかね」

「そうであるのを祈るしかねえな」

しばらく駆け続けているうち、文之介は妙な感覚を一瞬だけ覚えた。うしろが気になる。

「どうしたんです」

「いや、誰かに見られているような気がしたんだが」

すぐさま勇七が振り返る。文之介も足をゆるめて背後を見た。しかしつけてきている者などいない。

「気のせいかな」

走りながら文之介は首をひねった。

八

本所柳原町一丁目にやってきた。葉志田に駆けつける。

店はひらいていた。暖簾越しにのぞくと、いつも通り客が大勢入っていた。女将も忙しそうに立ち働いている。

ちがうのか。当たり前のように日常が繰り広げられている様子に、文之介は戸惑った。いや、甚六たちはここだ。ここしかねえ。

文之介は足を踏みだし、店に近づいた。そこへ右手から影が走り寄ってきた。

文之介は身構えたが、すぐに体から力を抜いた。

「ご隠居」

勇七が声をあげる。

「おう、文之介、勇七」

二人を認めた丈右衛門が足をとめる。

「父上、どうしてここがわかったのです。おちまですか」

「ああ。わしが家へ行ったら、ちょうど川越から帰ってきたところだった。おちまは、珍しく酔い潰れた甚六が、妹がいると寝言のようにつぶやいたのを覚えていた。その妹が葉志田という蕎麦屋を営んでるってこともな」

「さようでしたか」

店に入り、文之介は女将に歩み寄った。女将はいらっしゃいませ、と小腰をかがめた。

「甚六に会いたい」

文之介は静かにいったが、女将は顔をひきつらせた。文之介の背後にいる丈右衛門と勇七にも、震える目を向ける。

「いません、そんな人は」

叫ぶようにいい、文之介の前に立ちはだかる。その声の激しさに、近くにいた客がびっくりして顔をあげる。

「いるのはわかってるんだ」

文之介は女将を押しのけるようにした。

「あがらせてもらうぞ」

「そんな、待ってください」

女将が背中にすがりつこうとする。

「女将さん、すまねえな」

勇七が割って入り、なだめる。

「勇七、そこで誰も来ねえよう、見張っててくれ。それから客には帰ってもらえ。暖簾もおろせ」

文之介は厨房の脇に見えている階段に足をかけ、のぼった。うしろに丈右衛門が続く。

「甚六」

二階にあがった文之介は声を放った。

「どこにいる。御牧文之介だ」

なかで人の気配が動いた手近の襖を文之介はひらいた。

そこに甚六、お知佳がいた。横でお勢が寝ている。あれだけの声をだしたのにぐっすりと眠っていた。

文之介は部屋に入り、立ちあがった甚六と対した。

丈右衛門がお知佳のそばに進む。

「心配したぞ」

笑顔で声をかけた。父の頬は生き生きと輝き、一気に若さを取り戻した感じだった。背筋も幾分か伸び、父の若かった頃の身のこなしを思い起こさせた。再会できた喜びが全身にあふれている。

丈右衛門を見あげるお知佳の瞳は潤み、よくいらしてくれました、と語っていた。お知佳から発散された女のにおいが一気に立ちのぼり、六畳間全体を覆うように漂いはじめている。

二人のあいだでかわされる無言の会話から察するに、二人はすでに深く想い合っているのでは、と思えた。

さすが父上だが、だけど本気なのか。

文之介は丈右衛門の顔をのぞきこみかけて、なにをしにここまで来たか思いだした。

甚六に厳しい目を投げる。

「甚六、行くぞ。番所でいろいろ話をきかせてもらう」

文之介たちに見つかって、甚六はむしろほっとした顔をしている。

今までずっと緊張していたらしいのが、体のこわばりとなってはっきりと見えている。それが、氷が溶けるみたいにみるみるほぐれてゆきつつあった。

甚六が、敷居をまたいだ。

「さあ、行こう」

丈右衛門がお知佳をうながし、お知佳はお勢をおんぶした。

客が一人もいなくなってがらんとした階下におりた文之介は勇七に、すべて終わった、というようにうなずき、さらに女将に向かって告げた。

「あんたにも来てもらう」

甚六と目が合った女将はそそくさと前垂れを取った。

「よし、行くぞ」

文之介はみんなに声をかけ、店を出た。さっきまで蕎麦を食っていたらしい客たちが、なにごとがあったのかと遠巻きにしている。

文之介は歩きつつ、事情を甚六にただしたかった。しかしここはそういう場ではなく、あきらめるしかなかった。

竪川沿いを西へ歩き、町が本所緑町に変わってしばらくたったとき、文之介は横合いから飛びだしてきた影を見た。

「甚六、危ない」

文之介はかばうようにし、猪のように突っこんでくるその影に抜き放った長脇差を浴びせた。

影は文之介の斬撃を匕首で受け、さらに突進してくる。文之介はさらに一撃を見舞った。

しかし、まるで太刀にでもはねあげられたように、力なく腕があがったのは文之介のほうだった。すさまじいまでの剛力だ。

たたらを踏んだ格好になった文之介は当身《あてみ》を食らわされそうになったが、かろうじて避けた。もし当身を受けていたら、そばの河岸まで飛ばされていただろう。

馬首を返すように沢之助がこちらに向き直った。甚六をじっと見ている。

しかしこいつ、どうしてわかった。甚六の妹が蕎麦屋をやっているなど知るはずもないのに。

心中でつぶやいた途端、文之介は理解した。唇を嚙む。つけられたのだ。

丈右衛門は、お知佳を守って脇差に手を置いている。きっとした顔で、沢之助をにらみつけていた。

息を入れた沢之助がだんと土を蹴った。

「やめろ、沢之助」

文之介は怒鳴ったが、沢之助はとまらない。またも長脇差はあっけなく弾かれ、匕首を腰だめにした沢之助は甚六に突っこんでゆく。

文之介が甚六の手をぐいっと引かなかったら、青ざめて腰が砕けたようになっている甚六はまちがいなく死んでいた。

沢之助は甚六だけを的にしていた。文之介など目に入っていない。

また土煙があがり、猛然と沢之助が走りこんできた。

横に出た勇七が捕縄を投げつける。矢のようにまっすぐ飛んだ縄が沢之助の足にからみついた。勇七が縄を力強く引く。

でかした。文之介は心で快哉《かいさい》を叫んだ。

沢之助が足を絡ませて倒れこむ。そのはずだった。

しかし逆に引っぱられたのは勇七で、あっけなく地面に引きずり倒された。

沢之助は、犬にじゃれつかれたみたいに足をぶるんと振った。それだけで縄ははずれ、再び甚六に向かって走りだす。

文之介は、倒すしかない、と腹を決め、これまで以上の力をこめて長脇差を振るった。

さすがに文之介の渾身《こんしん》の振りおろしをよけられず、沢之助は長脇差をまともに受けた。

長脇差は沢之助の右肩に入り、かなりの手応《てごた》えが伝わってきた。

よし。文之介は、これで倒れると思ったが、沢之助は動きをとめることなく、甚六めがけて匕首を突きだしてゆく。

文之介は匕首を長脇差で弾きあげ、返した長脇差を逆胴に振った。

どすん、と泥でも叩いたような重い音がし、文之介は長脇差を引き戻した。

沢之助はなんの痛みも感じていない顔で、再び甚六に狙《ねら》いをつけている。

化け物だな。

文之介は薄ら寒いものを感じた。やくざの出入りで無敵だったのも納得がいく。

背後にまわった勇七が沢之助にがしっと組みついた。だが、沢之助が腕を軽く振りまわしただけで、道の端まで吹っ飛んでいった。

勇七は鞠《まり》のように弾んで、近くの商家の塀に頭を打ちつけた。

勇七っ。叫んだが、勇七はぐったりしたままだ。駆けつけたかったが、今は無理だ。勇七より甚六だ。

ただ、さすがに疲れを覚えたのか、それとも腹に入った長脇差がきいてきたのか、沢之助は肩を左右に動かして息を入れている。

「勇七、大丈夫か」

文之介がもう一度声をかけると、勇七はふらふらと立ちあがり、生きてます、というように首を上下させた。

文之介は安堵したが、どうすればいい、と焦りに似たものが心の壁を這いあがってきた。

化け物だな、こいつは。

あらためて思った。

文之介は横の父を見た。お知佳をかばう姿勢に変わりはないが、先ほどよりもやや足を前にだしている。もし沢之助がお知佳を狙ってきたらいつでも一刀両断する心構えでいるのがわかった。沢之助に負けない殺気が、全身からにじみ出ている。

そんなに惚れているのか。おまえには、人殺しの気持ちなど味わってもらいたくない、とまでいったことがあるのに。

そこまでの覚悟で、父はお知佳を守ろうとしていた。

沢之助がぺっと唾《つば》を吐き、再び突っこんでこようとしている。

文之介は腰を落とし、迎え撃つ態勢を取った。

目が沢之助と合った。沢之助の瞳には、憎悪の炎が燃えたぎっている。

俺が邪魔だと気づきやがった。俺を倒してから甚六を殺るつもりだ。

文之介は、背中にしがみついている甚六に少し離れているようにいったが、甚六はききわけの悪い子供のようにいやいやをしている。

お知佳を守っていた丈右衛門が、わずかに前に出た。

その動きを見て、沢之助がちらりと目を動かした。

「旦那じゃねえか。久しぶりだねえ」

相変わらずの低い声で丈右衛門に声をかける。

「もうやめろ、沢之助」

真剣な顔で丈右衛門がいいきかせる。

「もう無理だ。討てやしねえ」

「そうかな」

丈右衛門に向かってにやりと笑う。

「俺はやらせてもらうよ」

「せがれに手をだすつもりだろう」

丈右衛門が鋭い口調でただす。

「その気なら、こちらも容赦せんぞ」

「旦那が邪魔するんなら、まずは旦那からにするか」

沢之助が目を細める。殺気が立ちこめ、文之介は体を圧《お》されるような錯覚にとらわれた。いや、錯覚ではない。沢之助から発せられる気は、城壁のように立ちあがって文之介たちを圧しはじめている。

すさまじいまでの沢之助の執念を感じさせた。

あわわ、と甚六が声をあげる。耐えきれなくなったようにだっと走りだした。

待てっ。文之介は追った。沢之助はいちはやく駆けはじめている。

今にも追いつきそうだ。文之介は懐から十手を取りだし、沢之助に投げつけた。

当たらなかったが、一度地面で弾んだ十手が沢之助の足に巻きついた形になった。

沢之助が前のめりに転がり、地面に倒れ伏す。匕首が手を離れ、前に飛んだ。

振り返った甚六が足をとめ、目の前に転がってきた匕首に目を向けた。腰をかがめ、金でも拾うように手にする。

死ねえっ。怒声を発した甚六が沢之助に飛びかかってゆく。

「馬鹿っ、よせ」

文之介は叫んだ。

両腕の力で軽々と地面からはねあがった沢之助は、突きだされた匕首をあっさりかわし、甚六の腕を取った。膝を突きあげて甚六の手のひらを打ち、匕首を取り落とさせる。

すばやく背後にまわり、首を締めあげはじめた。

「このときをずっと待ってたぜ」

甚六に語りかける声がきこえた。

「ずっとだよ。おめえにはわからねえだろうが」

やめろっ。文之介は叫び、沢之助の背中へ長脇差を振りおろそうとした。

その気配を察したように沢之助はくるりと振り向き、甚六を盾にした。

文之介の長脇差は途中でとまった。

沢之助は左腕を甚六の喉にあてがい、右腕を強烈に引きしぼっている。

甚六は必死にもがいているが、力がちがいすぎる。顔は全身の血が集まったかのように真っ赤で、手足をばたつかせているが、それも死にかけの蟬《せみ》のように力をなくしつつある。

はやくしなければ殺されちまう。

文之介は焦ったが、どうすることもできない。組みついたところで、はね飛ばされるのが見えている。

殺すしかないのか。文之介は父の腰に目をやった。あの脇差をつかうしかないか。

丈右衛門が文之介の覚悟をさとったかのように目を向けてきた。沢之助に向かってすたすたと歩きだす。

「父上」

文之介は制しようとしたが、丈右衛門の足はとまらない。殺す気だ。

いや、待てよ。飛びの三吉の言葉が文之介の脳裏に浮かんだ。骨を狙うしかない。骨は鍛えられないはずだ。

もうつべこべ考えている余裕などなかった。父に沢之助を殺させたくもない。

文之介は父を追い越すようにして進み、長脇差を袈裟に振りおろした。

沢之助は勘よく避けようとしたが、文之介の一撃のほうがはるかに鋭かった。返した長脇差をさらに振るう。

ぐき、とも、ぼき、ともとれるような鈍い音が二度続けざまに響き、ぐむう、と沢之助が苦痛の声を漏らした。

顔を悔しげにゆがめた沢之助の腕から力がゆるみ、紅潮した甚六の顔が沢之助の体に寄りかかるようにしてずるずると下に落ちてゆく。

どんと尻餅をつき、横向きに倒れた。甚六は白目をむいている。死んだのか。いや、気を失っているだけだ。

「てめえ、やりやがったな」

吠《ほ》えるようにいって、沢之助は文之介をにらみつけてきた。

「ほかにしようがなかったんだ」

沢之助は足を大きくあげ、甚六の首を踏みつけようとした。喉頸《のどくび》を潰すつもりでいる。

文之介はまた長脇差を振るった。びしっ。うぐっ。沢之助が甚六の上にのしかかるようにして倒れる。

文之介が振り抜いた長脇差は、紛《まご》うことなく沢之助の臑を打ち貫いていた。

両手首の骨を折られた沢之助は臑を押さえることもできず、苦しんでいる。

「勇七」

首をまわして文之介は呼んだ。

「縄を打ちな。それから近くの自身番に行って人を呼んでこい。こいつを連れてくのは俺たちだけじゃ無理だ」

わかりやした。まだふらつきを残しながらも勇七が手際よく沢之助を縛りあげた。とりあえずこれで逃げられる心配はなくなった。

勇七が駆けだしてゆく。文之介はそれを見送って、長脇差を鞘《さや》におさめた。

まわりから歓声があがった。やったね、かっこいいよ、俺が女だったら惚れちゃうねえ。

野次馬たちだ。いつの間に集まっていたのか、ぐるりを大勢が囲んでいる。

気づかなかった。この人たちになにもなくて本当によかった、と文之介は心の底から思った。もっと広い視野を持たねばならない。

ほっとした顔で丈右衛門が寄ってきた。

「よくやった。いい働きだった」

短くほめてお知佳の元へ戻ってゆく。

文之介は気を失ったままの甚六の背中を抱えあげ、活を入れた。

甚六はぶるると顎を振り、目を覚ました。ぼんやりとあたりを見まわす。

目の前にがんじがらめにされた沢之助を見つけた。この野郎。ふらりと立ちあがり、蹴りつけようとした。

文之介はその前に立ちはだかり、甚六の頰をばしんと張った。甚六はよろけ、頰を手で押さえた。

意外そうに文之介を見ている。

文之介はにらみつけた。

「罪人の仕置は俺たちの仕事だ。おめえが手をだすことじゃねえ」

九

沢之助は、進五郎が仲間は橋田屋のあるじ甚六と名指ししてから、橋田屋のことを調べてみた。

紙屋として橋田屋は繁盛している様子だった。多くの人足や手代らしい者たちが店の前を行き来していた。裏の河岸にも舟がつけられ、荷の積み卸しが繁く行われているようだった。

手代や番頭らしい者たちは妙に苛立ち、人足たちに荒い言葉や罵声《ばせい》を浴びせていた。なかには、いうことをきかない人足を殴りつけようとする者もいた。

この光景をしばらく眺めていた沢之助はどうやってなかに忍びこむか、手立てを見出《みいだ》した。

あるじの甚六も目にできた。見覚えなどまったくない男だった。

ただ、さすがに商人とは思えないほど目が鋭く、あたりにただならない気配をまき散らしているのがはっきり見て取れた。

このとき沢之助は、やつだ、と直感した。やつはあのときのことを忘れていない。あれだけの店を持った今も、心の半分以上をあのときが占めている。

翌日、身なりを人足ふうにあらためて沢之助はやってきた。深くほっかむりをし、紙が入っていると思える荷物を肩に、歳のかなりいった人足のあとに続いてなに食わぬ顔で店内に足を踏み入れた。

紙を奥のほうに置く。草鞋《わらじ》を直すふりをして脇によけ、店の者の目を盗んで母屋の脇に設けられている小路を通って、台所のほうに向かった。

途中、女中に見とがめられたが、すみません、はじめてなんで迷っちまいました、水を一杯いただけませんかと頭を下げた。

女中はくれたが、飲み終えたらはやく出てゆきなさいよ、と冷たくあしらわれた。甚六という男の性格が、女中にもあらわれている感じがした。

台所をじっくりと見渡してから、女中の声を無視して、沢之助は河岸のほうに出た。

思った通り、荷が舟から盛んに積み卸しされていた。

沢之助は台所近辺から女中の姿が消えたのを確かめて、すばやく台所に戻った。柱に手をかけ、するするとのぼる。

一度足を滑らせたとき、女中が戻ってきた気配がして少し焦ったが、気づかれはしなかった。

縦横にめぐらせてある太い梁《はり》に沢之助は体を預け、うつぶせになった。

仮に梁を見あげる者がいるとしても、まさか人がいるとは思うまい。交差する梁の上のほうに陣取ったので、姿を見られる心配もほとんどなかった。

そのまま沢之助は夜の訪れを待ったのだ。待つのは慣れている。

四つすぎ、甚六自ら戸締まりの確認にやってきたが、その姿を見おろした沢之助は笑いだしたい気分だった。

甚六が去り、それからおよそ一刻はたったと思える頃、床におり立った。

台所から母屋に入ろうとして戸をあけたとき、たてつけの悪い戸が派手な音を立て、沢之助は肝を冷やした。

しかし誰も起きだしてはこなかった。豪快に響いてくる、奉公人のものと思えるいびきも変わらない。

沢之助はそろそろと進んだ。手近の障子をあける。そこは男の奉公人の部屋だった。

全部で五人。

甚六がやったこととはじかに関係している者たちではないから殺すのはかわいそうな気もしたが、沢之助は鬼となった。人足たちへの罵声を思いだした。それで少しは気が楽になった。

やや先の部屋には、三名の女中が寝ていた。昼間のあの女中もいた。

奉公人をすべて殺し終えたとき、一度、赤子の声をきいたような気がしてそちらへ向かった。

だが、そのときにはもう甚六が家人と寝ていたと思える部屋はもぬけの殻だった。

やつを先に殺すべきだった。邪魔が入るのを怖れて奉公人を先に手にかけたが、あとまわしでよかったのだ。

沢之助は家のなかを捜しまわり、台所から外に出てもみたが、ついに甚六の姿を見ることはなかった。


「と、こんなことを沢之助は白状した」

文之介は、父の肩をもんでいるお春に説明した。

「甚六を取り逃がしたあと、沢之助は見澤屋に行き、進五郎たちを手にかけた。もともとその晩、進吉のことで訪れるのは前もって進五郎に伝えてあったそうだ。そして、進五郎に話をききに来るはずの甚六がやってくるのを、血のにおいにまみれた店のなかでじっと待っていたそうだ」

「無事でいたってことは、甚六さんはあらわれなかったのね」

お春が小首をかしげて問う。丈右衛門は又兵衛あたりからすでにきかされたのか、顚《てん》末《まつ》のすべてを知っている顔だ。

「さて、どうかな」

文之介は首をひねってみせた。

「なにもったいつけてんのよ」

お春が口をとがらせる。

「定町廻りが素人《しろうと》娘にぺらぺらしゃべるのはどうかと思うが……」

「さっさと話しなさいよ」


その日の午後、甚六は南新堀一丁目にある見澤屋の近くまで来た。

店は締まっている。どういうことだ。

休みなのかもしれないが、進五郎はほとんど毎日、店はあけている。そのほうが客の信用が増すから、とのことだった。

なにかあったのではないか。昨日の今日だ、なにもないと考えるほうがおかしい。進五郎たちも殺られてしまったのではあるまいか。

となると、ここにいるのは危険だ。

甚六は身をひるがえしかけて、とどまった。あらためて見澤屋を見つめる。

死んだような静寂に覆われた店のなかから、異様な気が発されているように感じたのだ。

甚六ははっとした。

俺を待ち構えている。慄然《りつぜん》としてさとった。

甚六はどうすべきか考えた。正面から入ってゆき、対決するか。

それもいい。相手が見えているのなら、負けない自信はある。ただ、果たして何人なのか。一人のような気はするが、その思いが正しいかはわからないのだ。

どうすればいい。番所へ行くか。

そうすべきだろう。見澤屋に、俺たちを襲った者がいることを伝えるべきだ。そうすれば、この身は安泰だ。

いや、駄目だ。行くわけにはいかない。行ったら、どうしてあのような惨劇を招くことになったのか、話す羽目になる。

押しこみのせいにするか。いや、それならどうして金を取られていない、そう切り返されるのが落ちだ。

甚六と進五郎がしてのけたことは、江戸の番所ではとらえることはできない。それははっきりしている。それでも、決して口にできることではない。

甚六はきびすを返し、誰かに追われるような足取りで道を戻った。


「ねえ、甚六さんてなにをしたの」

お春がきく。

「そいつは沢之助からじっくりきいたよ」


たった五つの家が斜面に根っこを生やしたように建っているだけの村だが、豊かだった。

秋ともなれば柿《かき》や栗《くり》、山葡萄《やまぶどう》の実がなり、川では岩魚《いわな》がいくらでもあがった。

それ以上になにがよかったかといえば、村の北側を流れる小さな沢で砂金が採れたことだ。

いっぺんにたくさん採れるようなものではなく、ほんの少しずつとはいえ村を確実に潤してくれた。

だから、本来なら狩りなどせずとも暮らせてゆけたのだ。

もしあのとき狩りなどに出ていなければ。

後悔が沢之助の身を震わせる。

しかし、あの年は前年に続いて米は不作だった。山の幸を得られなければ冬は越せそうになかった。

村にたくわえられた砂金で物を買うことはできた。金さえあれば飢えることはない。富裕な商人や侍が飢饉になっても、誰一人として餓死しないのはそのためだ。

しかし砂金に手をつけるのは、本当に最後のときと村人たちは決めていた。

だから沢之助は狩りに出た。もともと狩りが大好きでもあった。

二日のあいだ山にこもり、猪一頭を仕留めた。かなりの大物で、皆の喜ぶ顔が目に浮かぶようだった。

しかし村に帰ってみたら、村は全滅していた。女、子供もすべて殺されていた。妻も一粒種の子供も例外ではなかった。

折り重なるようにして死んでいる二人を見たとき、沢之助は気が狂いそうになった。

冷えきってかたまってしまった二人を抱き締め、泣き続けた。

どのくらい泣いていたものか、沢之助は立ちあがった。

いったいどうしてこんなことに。

村をまわって、数少ない食い物が奪われ、そして砂金も消えていることを知った。村にあった唯一の仏像も。

沢之助は必死に探った。


いったいなにがあった。

沢之助は思いきり叫び、村中を駆けた。

ふと、人声をきいたように思った。沢之助はこうべをめぐらし、声の元を探った。

またきこえた。川のほうだ。

沢之助は急いで駆けつけた。

流れに顔をつけるように、一人の村人が倒れていた。

しっかりしろ。沢之助は頭を抱えるようにした。腹が裂かれ、臓腑《ぞうふ》がはみだしている。

もはや助からない。いや、これまで生きていたのが不思議だった。

隣家のあるじだ。目がすでに濁っており、見えているか疑問だったが、沢之助は必死に呼びかけた。

「いったいどうした、なにがあった」

男は、目の前にいるのが沢之助であるのを理解したかのように口をひらいた。だが、なにをいっているかきき取れない。

沢之助は唇に耳を寄せた。

なんとか男の言葉が耳に入ってきた。

村を襲ったのが、二人の若い男であるのがわかった。

「これだけあれば江戸へ行けるな」

砂金を手にした一人が高ぶった声でいったという。

「いや、一旗あげることもできるぞ」

隣家のあるじは、すべきことを果たしたといわんばかりに沢之助の腕のなかで息絶えた。

沢之助は村人すべてを埋葬してから、道を走りだした。

村がその二人組に襲われたのは、おそらく沢之助が狩りに出た日の夜に思えた。

やつらは俺より二日、前を行っている。

そういえば、と走りながら沢之助は思いだしていた。

三日前の昼、飢饉にやられて自分たちの村を捨てたと思える者たちが、食い物を恵んでくれるようにいってきたと女房がいっていた。

こちらもやれるだけの余裕はなく、断ったらしいが、もしやそいつらではないのか。

いや、まちがいない。こんな山奥に村があることなど知っている者はほとんどいないのだ。

だが、二人組は見つからなかった。

沢之助はそのまま江戸に出た。そして、居つくことになったのだ。それが十一年前のことだ。

十

お春は眉をひそめている。

「沢之助さんの村を襲ったの……」

「ああ、ほかの者たちが次々に倒れて息を引き取ってゆくなか、ようやくたどりついた村だったそうだ。村を出たときには二十人近くいたのに沢之助の村にやってきたときには甚六、進五郎、甚六の母親に妹、そのたった四人になっていたそうだ。おそらく、そのとき甚六たちはすでに人じゃなくなってたんだろう。——甚六の妹や母親は手をくだしてねえ。ただ、甚六と進五郎がなにをしたか、薄々察してはいたようだ」

お春は下を向き、悲しそうにしている。涙をこらえているように見えた。

一輪の花のようなやさしい風情に文之介は胸を打たれた。そんなに悲しまなくていいよ。抱き締めてやりたかった。

「仏像はなんだったの」

お春が顔をあげていう。

「村のお守りみたいなものさ。昔、そこに村をひらいたとき、土中から出てきたものらしい。隣家にまつられていたらしいんだが、奪ったのは進五郎だ。そのことを甚六は知らなかったそうだ。話をきいて、愕然《がくぜん》としてたな」

文之介は茶を喫し、続けた。

「店の名の由来となった橋田と見澤は甚六たちの村の字《あざ》の名らしい」

そうなの、とお春がいった。

「沢之助さんはどうしてやくざに」

きっかけとなったのは、ある日、いいがかりをつけてきたやくざ者五人を、子供でも相手にしたかのようにあっという間に叩きのめしたからだ。

ときに熊を相手に戦ってきた男にとって、いくら凶暴といってもやくざ者など目ではなかった。

その猛烈な喧嘩ぶりが認められ、牛造《うしぞう》を親分とする一家に世話になることになったのだ。

最初は腰かけ程度のつもりだったが、自分でも思っていた以上にやくざの水が合った。何度も出入りで手柄を立て、牛造に認められていったのだ。やがて牛造が死に、気づいたら親分に祭りあげられていた。

「仏像集めは、親分になった沢之助にとって仇を捜す最後の手段だった。仇は仏像を手放さないかもしれんし、もう捨ててしまったかもしれん。しかし沢之助はひたすら集め続け、その賭けに勝ったんだ」

「ふーん、そういうことなの。でも甚六さんとお知佳さん、店を襲われたとき、よく逃げられたわね」

「そいつは甚六から事情をきいてる」


甚六には、いつかこんなことになるのでは、という予感があった。

その予感が甚六の命を救ったのだ。

もともと眠りは浅いほうだった。いや、あのときから浅くなったというべきか。

あの夜、かすかな物音が台所のほうからきこえ、甚六は目を覚ました。

気のせいかとも感じたが、いやな汗が胸を濡らしはじめていた。

頭のなかで、渦巻く黒雲が大風とともに大きく成長してゆく。抑えようとしても抑えられない。こんな思いははじめてだ。

これから悪いことが起きる。それは確信の大石となって心に居座った。

いや、ちがうのではないか。ただ、気まぐれな風が戸を叩いていっただけのことだ。

甚六は勘ちがいのせいにして大石をどけようとしたが、大石はさらに巨大なものとなって甚六の心を押し潰そうとしていた。

「起きろ」

横に寝ているお知佳を揺り動かした。お知佳は眠りが深いたちで、なかなか起きなかった。

甚六は苛立ちを押し殺し、布団の盛りあがりを揺らし続けた。

どうしたんです。ようやく起きあがっていいかける女房を制し、お勢を抱くように命じた。暗闇のなかでも夫の尋常でない物腰が伝わったか、お知佳は起きだし、お勢を抱きあげた。

「物音を立てるな」

「いったいどうし――」

「しゃべるな」

口にした途端、甚六はかすかな悲鳴をきいた気がした。かたわらでお知佳も耳をそばだてたようだ。お勢がむずかりだす。

「黙らせろ」

その冷たいいい方に目をみはったお知佳だったが、静かにあやしはじめた。その小さな声ですら鐘が響いているように感じられ、甚六は焦りのような思いを抱いた。

さらに戸があく音。またかすかな悲鳴。

奉公人たちが殺されているのだ。容赦のない殺戮《さつりく》が行われている。人としての感情をなくした者が死の大鉈《おおなた》を振るっている。

お知佳の手を引くように、甚六は裏へまわった。台所の隣の間までやってきた。

ここで息を殺し、まわりの気配をうかがう。いっとき泣きやんでいたお勢がまたぐずりはじめた。

裏口を指し、お知佳に、走れっ、といって背中を押した。

そのあとを守るように甚六はついていった。今にも暗闇から得体の知れない者が飛びだしてくる錯覚にとらわれ、心の臓を拳で打たれているような痛みが胸を貫く。

くそっ、どうしてこんなことに。

転がるように外に出た。井戸のそばで立ちすくんでいるお知佳が身じろぎせずにじっと見ている。お勢は泣きやみ、お知佳の腕のなかで眠っているようだ。

甚六は外が明るいのに気づいた。月が、おびえたお知佳の顔を淡く照らしだしている。

そっちだ。甚六は裏口を示し、お知佳を走らせた。うしろを振り返る。誰もやってくる気配はない。

せまく小さな木戸を抜け、甚六は道に出た。栓でも抜けたように、汗がどっと噴きだしてきた。

お知佳をうながし、さらに道を走りだす。

「どこへ行くんです」

お知佳にきかれたが、甚六は答えるすべがない。

「いったいなにがあったんです」

お知佳がさらにきいてくる。

「うるさい」

口からほとばしり出ていた。お知佳が身を引く。お勢がどこかをつねられでもしたように泣きだした。

お知佳があわててあやしにかかる。お勢は今度は泣きやもうとしない。

すまん、と女房に謝る余裕が甚六にはなかった。今はひたすらうとましかった。置いてきてしまえばよかったか。足手まといだ。

結局、行き場はなく、甚六たちは妹の店の葉志田にやってきたのだ。


「沢之助さんはどうなるの」

お春がたずねる。答えはわかっている顔だ。

「見澤屋を襲い、進五郎夫婦や奉公人たちを殺したことも認めた。打ち首、獄門だな」

「甚六さんのほうは」

「沢之助の村を所領としている大名家に預けになる。おそらく国元に送られるだろう」

村人を皆殺しにしたのだ。その先どうなるかはお春も解したようだ。

「お知佳さんとお勢ちゃんは」

「それは父上にきいてくれ」

「ねえ、おじさま、二人はどうしてるの」

「元気にしてる」

丈右衛門が言葉少なに答えた。

「どこにいるの」

「前の長屋だ」

「それがしも今日行ってきましたが、長屋の連中、ものすごく喜んでましたね」

「今日だと。仕事の最中にか」

「今日は非番です」

「ねえ、おじさま。お知佳さんをどうする気なの」

「どうもしないさ」

お春が丈右衛門をじっと見ている。ふっと息を抜く。

「わかったわ。信じましょ」

文之介を見つめてきた。濡れたような瞳に見え、大人の色気を感じた文之介はどぎまぎした。

「ねえ、進五郎さんの子供はどうなったの」

文之介は唾を飲みこんだ。

「あれ、知らなかったのか。知りたいか」

「もちろんよ」

庭のほうで人の声がした。

「あれは勇七だな」

文之介は立ちあがり、そちらに向かった。腰障子をあけ、濡縁に立った。

「なんだ、どうした、勇七」

「罰をやってきましたよ」

恥ずかしそうにいう。

「罰だって。なんだそりゃ」

勇七がむくれ顔になった。

「なんですかい、そりゃ。あっしが必死になってようやくやり遂げたっていうのに」

ああ、と文之介は思いだした。

「そうだったな。じゃあ、弥生ちゃんと食事してきたのか」

冗談だったのに、こいつ、真に受けやがったのか。

文之介はまじまじと見つめた。

「――楽しかったろ」

勇七は浮かない顔だ。

「いえ、これがお克さんだったらなあ、ってそればっかり……」

「なんだと」

文之介は力が抜ける思いだった。まったくどうしようもねえ野郎だ。弥生が気の毒でならない。まずい罰を与えたものだった。

「おめえさ」

目を一度、医者に見てもらったらどうだ、といいかけて文之介はやめた。

「わかったよ。用はそれだけか」

「ええ、そうです。旦那に知らせなきゃって思いましてね」

「わざわざすまなかったな。そうだ勇七、飯、食ってくか。お春がつくってくれたんだ。うめえぞ」

「いや、申し出はありがたいんですけど、食ってきたばかりなんで」

「そうだったな。じゃあ、気をつけて帰れ」

勇七を見送った文之介は居間に戻ろうとした。

そこにお春がいて、ぎょっとした。

「ねえ、今の本当なの」

「ああ、勇七の野郎、美形の手習師匠と飯食ってきたみてえだ」

「そんなことじゃないわよ。飯がうまいっていったことよ」

「えっ。そんなことといったか」

「いったでしょ、今」

「覚えがねえな」

文之介は居間に入った。

「まったくもうとぼけて」

お春はぷりぷりしている。その様子を、丈右衛門が目を細めて眺めている。

「さっきの続きは」

座り直したお春がうながしてくる。

「さっきの。ああ、進吉のことか」

文之介は語りだした。

奉行所に連れ帰った沢之助に、進吉をどうしたか、文之介は真っ先にただした。

沢之助は薄く笑うだけで口にしようとしなかった。

しかしその翌日、沢之助の妾であるおまんが進吉をともなって奉行所にやってきて、すべては解決したのだ。

そのことを文之介から伝えられた沢之助は、進吉を殺さなかった心情を述べた。

十一年前、自分にも今の進吉と同じような歳の男の子がおり、復讐のために一度は殺そうとしたが、自分の子の死顔に重なり、どうしても殺れなかった。

それで、おまんに進吉の世話を頼みこんだのだ。

「無事に帰ってきてよかったわね。でも、進吉ちゃんて独りぼっちになっちゃったのよねえ。どこかに預けられるの」

「子供をほしがってる夫婦はけっこういるからな。そういう人たちに預けることになるだろう。できるだけ近所を捜してやらなきゃな」

文之介は、今日の原っぱでのできごとを思いだしている。

仙太たちが鬼ごっこをして遊んでいるところに、文之介は進吉の手を引いて連れていったのだ。

最初に気づいたのは仙太だった。

「あっ、おい、みんな」

「仙太、鬼がどこ行くんだよ」

「馬鹿、鬼ごっこなんてしてる場合か。進吉だぞ」

いいざま仙太は駆け寄ってきたのだ。

「おい本物だぞ、みんな、はやく来いよ」

あっという間に集まった六人に、進吉はもみくちゃにされた。

仙太は泣いていた。保太郎も泣いていた。進吉も泣いていた。みんな泣いていた。

文之介もこみあげるものを抑えきれず、子供たちより盛大に涙をこぼした。

あたたかな風が文之介たちを包みこむように吹きすぎていった。

二〇〇五年二月　徳間文庫

光文社文庫

長編時代小説

一《いち》輪《りん》の花《はな》　父子《おやこ》十手《じって》捕物《とりもの》日記《にっき》

著者　鈴《すず》木《き》英《えい》治《じ》

2020年9月20日　初版1刷発行

発行者　鈴木広和
印刷　堀内印刷
製本　榎本製本

発行所　株式会社 光文社
〒112-8011　東京都文京区音羽1-16-6
電話 (03)5395-8149　編集部
8116　書籍販売部
8125　業務部

ISBN978-4-334-79089-9　Printed in Japan

組版　萩原印刷